中國古典文學基本叢書

# 辛棄疾集編年箋注

第六册

[南宋]辛棄疾 著
辛更儒 箋注

中華書局

# 辛棄疾集編年箋注附録

## 附録一　諸家贈酬及紀念詩

### 寄辛幼安二首　周孚

我屋與君室，濟河南北州。相逢楚天晚，却看蜀江流。老境渾能迫，妖氛竟未收。何時一廛地，歸種故園秋。（《蠹齋鉛刀編》卷九）

別去纔三月，人來已兩書。老懷多弛曠，厚意獨勤渠。共歎飄流際，能收謗罵餘。春風緑林壑，還佇短轅車。（同上）

## 寄辛滁州　周孚

江皋追送僅踰旬，節物俄驚一度新。西澗潮生還值雨，南山雪盡正逢春。遥知風韻如前輩，可有篇章憶故人？擬向瑯琊問幽事，兩翁遺徑未埃塵。（同上）

## 送辛幼安　周孚

西風掠面不勝塵，老欲從君自濯薰。兩意未成還忤俗，一饑相迫又離羣。只今參佐須孫楚，何日公卿屬范雲？節物關心那可别，斷紅疏緑正春分。（《蠹齋鉛刀編》卷一〇）

## 謝端硯辛滁州幼安　周孚

君家即墨君，不與世同調。紫雲覆寒冰，色與質俱妙。誰知窮荒地，尤物來越徼。探囊忽見畀，此事出吾料。隨珠暗投處，歎息真可弔。物生各有用，瑚璉薦清廟。君才兩漢

餘，妙句出長嘯。吾衰亦粗爾，老語世不要。摩挲冰玉質，自慶還自醮。願君爲追琢，勿令硯空笑。（《蠹齋鉛刀編》卷一一）

## 次韻贛州知府陳侍郎二首，前篇寄幼安，後篇寄季陵

周孚

乘軺西去定何人，驚倒吴儂政要君。平日比肩空絳灌，此行知己有華勛。不令殘孽終煩國，信是高才可冠軍。鋒猬斧螗當著語，病夫今歲懶於文。（録一）（同上）

## 寄辛幼安

周孚

飛鳶跕跕瘴煙中，歎息渠儂伎已窮。欹壑老松真耐久，燎原荒草易成空。危機可畏渾如此，莊語能聽只有公。已識柴車勝朱轂，快來相就北窗風。（同上）

## 寄幼安　周孚

送君城西原，春水今鑿冰。兩州灌瓜地，一往竟未能。衡門閉青苔，欲語誰復應？招邀西飛鴻，因得問寢興。向時金華翁，與君嘗伏膺。清談尚尊俎，高標忽丘陵。梁木果爾摧，天理安可憑！吾儕鬼揶揄，可但世所憎。霜風拉枯桑，囑君護茵凴。我病比復加，日飯那得升。殘年卧閭巷，盛事望友朋。得見君奮飛，吾甘老薪蒸。（《蠹齋鉛刀編》卷一二）

## 夢與辛幼安遇於一精舍，予賦詩一篇，覺而記其卒章云：「它年寄書處，當記盧仝窮。」因賦此詩寄之　周孚

秋霜草花落，夢君浮屠宫。羈魂得清游，短章見深衷。破屋仰見天，何人記盧仝？相逢大槐國，一笑仍匆匆。與君十年交，九年悲轉篷。君行牛斗南，我在淮漢東。修途繚山岳，此會何緣同！伏枕自歎息，哀懷託西風。啾啾籬間雀，冉冉天際鴻。擔簦亦何憾，

吾生自當窮。扁舟具簑笠，久已藏胸中。他年君來時，葦間尋此翁。（《蠹齋鉛刀編》卷一四）

## 聞辛幼安移漕京西

周孚

孤鴻茫茫暮天闊，問君章貢何時發？去年不得一字書，今日又看千里月。向來人物推此邦，至人不死惟老龐。請君剩釀蒲萄酒，爲君酹渠須百缸。（同上）

## 送辛殿撰自江西提刑移京西漕

羅願

峨峨鬱孤臺，下有十萬家。喧呼隘城闕，戀此明使車。憶公初來時，狂狡嘯以譁。主將失節度，玉音爲咨嗟。一朝出明郎，繡衣對高牙。持斧自天下，荒山走矛叉。光騰將星魄，枉矢失驚蛇。氛霧果盡廓，十州再桑麻。恩令撰中秘，天筆有褒嘉。辛氏世多賢，一姓古所誇。太史善箴闕，伊川知辭華。誰歟立軍門，杖節來要遮。亦有救折檻，叩頭當殿衙。英風雜文武，公獨可肩差。佩玦善斷割，揮毫絶紛葩。時時有縱舍，惠利亦已遐。

京西故畿甸，傍塞聞悲笳。明時資饋餫，豈減漢褒斜？勿云易使耳，重地控荆巴。三節萃一握，眷心良有加。古來居此人，愛國肯雄誇：羊祜保至信，陶公戒其奢。安邊有成略，此道未全賒。公今有才氣，功名安可涯。願低湖海豪，磨礱益無瑕。淩煙果何晚，猶有髮如鴉。（《鄂州小集》卷一）

## 題辛幼安稼軒詩

洪适

濟時方略滿心胸，卜築山城樂事重。豈是求田謀萬頃，聊因學圃問三農。高牙暫借藩維重，燕寢未須歸興濃。且爲君王開再造，他年植杖得從容。（《盤洲文集》卷七）

## 上辛安撫二十韻

許及之

開闢重華旦，胚胎間世賢。雲龍時際會，星鳳睹争先。天授歸三傑，神謀效一編。宏謨驅固陋，餘論細雕鐫。詔旨傾臚句，山呼動奏篇。干霄須造化，惟月進班聯。有客占星次，逢人問日邊。江湖煩鎮撫，壤地屈盤旋。談笑潢池浄，生成壁壘堅。丈夫真細事，餘子敢差肩！黄屋深知切，青雲寵渥駢。即歸調鼎鉉，少駐斸龍泉。更治今馮翊，重歸舊潁川。載塗明積雪，嗣歲卜豐年。封殖棠陰盛，驩迎竹馬鮮。恩波行處足，威譽向來傳。此獨瘡痍甚，方疑雨露偏。禁通鄰邑粟，費減月樁錢。齋戒逾三日，遭逢有二天。執鞭吾所慕，負弩敢驅前！（《涉齋集》卷一三）

## 以歸來後與斯遠倡酬詩卷寄辛卿

趙蕃

人家饋歲何所爲，紛紛酒肉相攜持。我曹饋歲復何有，酬倡之詩十餘首。緘封寄槁玄英方，從人笑癡我自狂。狂餘更欲誰送似，咫尺知音稼軒是。公乎比復何所作，想亦高吟動清酌。賓朋雜遝孰爲佳，咸推楊范工詞華。我曹所樂雖小技，歷古更今不能廢。歲云暮矣勿歎窮，梅花爛漫行春風。（《淳熙稿》卷五）

## 呈辛卿二首

趙蕃

詩老當年聚此州，邇來零落盡山丘。公雖暫爾淹時用，天豈特令繼夙遊？幽事儻多塵

事絶，靈山孰與博山優！林棲相去無百里，窈窕崎嶇可後不？（《淳熙稿》卷一五）

今昔名流幾許人？况於室邇更身親。南州行卷雖云舊，東閤知名固若新。再見每懷風度遠，兩年空恨往來頻。其誰爲我談名姓？車轍勤公野水濱。蕃頃聞右揆稱公文章。（同上）

## 覆辛稼軒遊月巖

杜旃

霧覆蒙龍曉色新，半空依約認冰輪。婆娑弄影寒生露，中有釵横鬢亂人。（光緒《蘭溪縣志》卷五）

## 送辛卿幼安帥閩

陳傅良

長才自昔恨平時，三入修門兩鬢絲。甕下可能長夜飲，花間却學晚唐詞。幼安詞妙一世，而詩句不傳傅良，恨事也。潸然北顧關河永，簡在西清日月遲。乘雁雙鳧滄海上，與君從此恐差

池。（《宋元詩會》卷四四）

## 文村道中　項安世

十五年前號畏途，祇今開闢盡田廬。分明總是辛卿賜，誰信兜鍪出袴襦？辛卿名棄疾，前此帥荆，弭絶群盜。（《永樂大典》卷三三五七九村字韻）

## 包山送辛大卿知福州　項安世

樓頭尊酒送將行，樓下江潮意未平。漠漠南天垂雨脚，陰陰長夏作秋聲。杜陵戀闕心應苦，楚客思君淚合傾。莫倚輕紅宜重碧，男兒報國在尊生。（《平庵悔稿》卷四）

## 送辛帥三山　韓淲

暫著鵷行却建牙，此身何地不爲家。閩山又作年時夢，吴會分明眼底花。舒卷壯懷公自

笑，往來行李士争誇。棠陰應有邦人望，笳鼓西風擁帥華。（《澗泉集》卷一二）

## 昌甫分寄瓢泉，繼而辛卿遺一壺來，以詩爲謝　韓淲

章泉分餉瓢泉酒，已洗牢愁萬馬空。重拜書題如夏日，便開甕盎瀉春風。時聞水石雲山主，世數文章翰墨功。且道歲寒梅雪好，僧窗閒有幾人同？（《澗泉集》卷一四）

## 辛卿有言：「雨則清潤，晴則清和。」昌甫因爲五字次韻呈之　韓淲

雅俗豈殊調，今古信一時。晴雨草木長，摸索皆我詩。善來子趙子，身世忽若遺。顧瞻絶代人，乘閑有幽期。和潤見名理，處處清風隨。坐卧泉亂鳴，孟夏涼侵肌。睡餘供茗事，禪榻鬢成絲。進退出處間，何必玩易羲？（《澗泉集》卷五）

## 寄懷章衢州辛越州

趙蕃

江東去江西，道阻而且長。懷我金石交，每瞻鴻雁行。信州去衢州，道阻而匪修。黄花逐九日，明月負中秋。江東去浙東，江表邈剡中。莫云巖壑異，固有丘壑同。一出或一處，或默而或語。行步澀如棘，欲飛恨無羽。風高木已落，薄寒能中人。室邇人甚遠，不孤必有鄰。（《淳熙稿》卷一）

## 送辛幼安殿撰造朝

陸游

稼軒落筆淩鮑謝，退避聲名稱學稼。十年高卧不出門，參透南宗牧牛話。功名固是券内事，且葺園廬了婚嫁。千篇昌谷詩滿囊，萬卷鄴侯書插架。忽然起冠東諸侯，黄旗皂纛從天下。聖朝仄席意未快，尺一東來煩促駕。大材小用古所歎，管仲蕭何實流亞。天山掛旆或少須，先把銀河洗嵩華。中原麟鳳争自奮，殘虜犬羊何足嚇。但令小試出緒餘，青史英豪可雄跨。古來立事戒輕發，往往讒夫出乘罅。深仇積憤在逆胡，不用追思灞亭

夜。（《劍南詩稿》卷五七）

## 正月二十七日，陪唐子耆登卧龍，時稼軒已去，令人懷之

蘇泂

晴雨煙雲態，高深會見聞。亂山依越定，一水向吴分。元白諸侯表，楊王俊士群。春風到紅緑，花草總能文。（《泠然齋詩集》卷四）

## 答辛幼安

高似孫

青天不惜日，壯士偏知秋。自古有奇畫，如今空白頭。彼時當再來，吾老不可留。天推璧月上，星入銀河流。躔度若此急，人生與之浮。終夜自起舞，無人共登樓。典謨有陳言，河洛非故州。黄鶴呼不來，誰能理殘裘？（劉克莊《後村先生大全集》卷一八〇《詩話》續集）

## 呈稼軒

劉過

精神此老健於虎，紅頰白鬚雙眼青。未可瓢泉便歸去，要將九鼎重朝廷。
閉門翹足觀山睡，松檜鬱然雲氣高。説夢向人應不信，碧油幢下有旌旄。
書來賜以蘭溪酒，下視藩封奴僕之。吾老尚能三百盞，一杯水不直吾詩。
卧廬人昔如龍起，鼎足魏吴如等閑。若結梅花爲保社，林逋祇合住孤山。
書生不願黄金印，十萬提兵去戰場。祇欲稼軒一題品，春風俠骨死猶香。（《龍洲集》卷八）

## 呈徐侍郎兼寄辛幼安

劉過

猿臂將軍戰不休，當時部曲已封侯。夜深忽夢燕山月，猶幸君王晚更收。（其二）（同上）

## 梅，次稼軒香字韻

華岳

一年無處覓春光，杖策尋春特地忙。牆角數枝偏冷淡，江頭千樹欲昏黄。梢横波面月摇影，花落樽前酒帶香。更仗西湖老居士，爲予收拾付詩囊。（《翠微南征録》卷五）

## 不遇，次稼軒韻

華岳

英雄不遇勿長籲，苟遇風雲彼豈拘。不向關中效蕭相，便於江左作夷吾。當知晉霸非由晉，所謂虞亡豈在虞？多少英靈費河岳，鍾予不遇獨何歟！（同上）

## 春郊即事，次稼軒韻

華岳

東風吹動綺羅塵，翠蓋紅纓處處新。蝶翅拍開千樹雪，鶯聲催老十洲春。人生有酒須行樂，吏禄無階且食貧。歸客不須籠畫燭，醉看明月上雕輪。（同上）

## 答杜仲高，來書哭兄伯高及辛待制，且言杜氏自仲高始預薦榜

項安世

康廬之麓蠡之皋，太息書生杜仲高。待制功名千古傑，賢良文字萬夫豪。淚痕頻向西風滴，場屋新隨舉子曹。且爲門闌辟青紫，輌親威父一生勞。（《平庵悔稿》卷四）

## 無題

韓淲

老覺賓朋日日稀，故家言語轉依違。百年以往自興廢，千古其間誰是非。江左風流徒可想，山東豪傑竟何歸。勾吴於越連閩嶠，瘴雨蠻煙百鳥飛。（《永樂大典》卷一二〇一七引《澗泉日記》）

## 午睡期思書堂　韓淲

所謂伊人天一方，園林新好寄東窗。八表濛濛忽時雨，不知平陸已成江。（《澗泉集》卷一八）

## 寄趙昌甫　陸游

杳杳雙鵲鳴庭除，東陽吏傳昌甫書。紙窮乃復得傑作，字字如刮造化爐。爾來此道苦寂寞，千里一士如鄰居。小兒得禄在傍邑，我貧初辦一鹿車。過門剥啄亦奇事，拜起幸未須人扶。君看幼安氣如虎，一病遽已歸荒墟！吾曹雖健固難恃，相覓寧待折簡呼？餘寒更祝勤自愛，時寄新詩來起予。（《劍南詩稿》卷八〇）

## 萬里江山圖　王惲

江山列地出新圖，隔限東南見奥區。與校廟謨雖有間，細看邊備則無餘。忌功去玠甘捐蜀，併力亡金笑假虞。千古《美芹》高議在，不應成敗論終初。（其二）（《秋澗集》卷二〇）

## 過稼軒先生墓　在鉛山州南十五里陽原山中。二十七年歸自福唐作。　王惲

青銅三百了時文，大節知公在致君。朝野不應傳樂語，六宫春動鬱金裙。
相秦審勢不明理，坐使炎興失遠圖。力主備邊伸大義，先生真是孔明徒。
遺編三復美芹辭，睿眷曾蒙孝廟知。黄壤不埋忠義氣，至今煙草見蟠螭。
老徽北狩七陵空，奉命南來見匪躬。誰遣廟謀空坐老，一椽精舍帶湖東。

招提遺象見英材，喬木秋風過客哀。通曆縱令追削盡，疊山文是漢雲臺。（《秋澗集》卷三一）

**九程宿豐溪市，辛稼軒詞中云：陳同父自東陽來，留十日，約文公於紫溪，不至，遂飄然東歸**　董壽民

先賢往事愴回眸，空想當年約共游。朱子不來陳又去，紫溪遺憾復何求？（《元懶翁詩集》卷上）

**又來上鋪，過辛稼軒墓門，傳呼爲虎頭門，甚雄，復題**　董壽民

人物詞華一代豪，墓門人比虎頭高。想知泉下無窮恨，惜不生時與世遭。（同上）

# 過辛稼軒神道弔以詩

張以寧

長嘯秋雲白石陰，太行天黨氣蕭森。英雄已盡中原淚，臣主元無北伐心。年晚陰符仙蠹化，夜寒雄劍老龍吟。青山萬折東流去，春暮鵑啼宰樹林。（《翠屏集》卷二）

予少年磊隗負氣，誦稼軒辛先生鬱孤臺舊賦《菩薩蠻》，嘗慨然流涕。歲庚辰，過鉛山先生神道，前有詩云云，見《南歸紀行稿》。後會贛州黄教授，請賦鬱孤臺詩，復作近體八句，亡其舊稿。因念功名制於數定，材傑例與時乖。自昔不遇若先生者，蓋亦多矣，然猶惜其未能知時審己，恬於静退，幾以「斜陽煙柳」之詞，陷於「種豆南山」之禍。今二十九年矣，舟過是臺，細雨，閉篷静坐，忽憶舊詩，因録於此

張以寧

鬱孤臺前雙玉虹，一杯遥此酹英雄。風雲有恨古人老，天地無情流水東。精衛飛沉滄海

上，鷓鴣啼斷晚山中。清江不管人間事，煙雨年年屬釣翁。（同上）

## 稼軒神道

龔敩

南渡功名垂竹帛，老臣墟墓隔山陂。石麟埋没難終古，海鶴歸來更幾時。神道有碑行客拜，荒祠無屋野樵知。帶湖秋水瓢泉月，一片丹心不可移。（乾隆《鉛山縣志》卷一三）

## 次韻吴自修遊南巖

龔敩

南巖地偏罕人跡，問君胡爲來此遊？偶因人生閑暇日，况當天下承平秋。飛泉自落屋西畔，青山只在巖上頭。招提境界不易到，松篁一徑通深幽。

溪南十里南巖寺，老柏經年泣象龍。林屋山光春皎皎，石闌雲影午重重。勝遊佳客身親到，惠寄新詩手自封。南渡老臣遺墨在，想因忠憤久填胸。（《鵝湖集》卷二）

## 舟過鉛山弔辛稼軒先生故居

柴惟道

青山白水自縈回，猶説高人舊隱來。雲鳥陣圖曾入夢，雪梅詩譜幾銜杯。中原落日懷孤憤，古墓青宵動客哀。千載遺文經略在，風流緬懷楚江臺。（《玩梅亭詩集》）

## 濟　南

顧炎武

湖上荷花歲歲新，客中時序自傷神。名泉出地環巖郭，急雨連山淨火旻。絶代詩題傳子美，近朝文士數于鱗。愁來獨憶辛忠敏，老淚無多痛古人。（《亭林詩集》卷三）

## 四風閘訪辛稼軒舊居

田雯

藥欄圍竹嶼，石泉逗山腳。風流不可攀，誰結一丘壑？斜陽甸柳莊，長歌自深酌。稼軒有一丘一壑詞，甸柳，村名。（《古歡堂集》卷四）

## 四風閘訪辛稼軒故宅

任宏遠

南宋詞流宅，當年詎隱淪。可知持節地，不異拜鵑人。南渡後以恢復中原爲心，作《杜鵑詞》以寓意。古木飛黄葉，秋風動白蘋。誰將遺恨遠，一水碧粼粼。（《鵑華山人詩集》）

## 弔辛稼軒故居

趙執信

擬誄辛書記，中興第一流。慨慷詞獨絶，慘澹志難酬。才駕張丞相，神依謝信州。瓢泉無恙否？春水漫荒丘。（《因園集》卷五）

## 過辛稼軒舊址

曹遇霖

見説先生宅，東南結構森。英風流越國，飛閣面高岑。風景悲殊昔，碑銘直至今。欲彈松下劍，於邑作龍吟。（乾隆《鉛山縣志》卷一二）

## 辛忠敏棄疾墓

程夔

當年青兕負雄姿，獨抱經天緯地奇。半壁朝廷三内禪，兩淮將帥幾交綏。常勞中夜聞雞舞，空作新亭墮淚碑。恢復無能閑散没，雨昏神道濕苔碑。（《辛墩辛氏宗譜》）

## 弔辛稼軒

符兆綸

移師山左壞長城，書記胸中萬甲兵。只手封狼常縛賊，三牙飛虎更盤營。中原和議金繒重，南渡偏安社稷輕。故宅一廛空濟上，東風惆悵杜鵑聲。（《歷下詠懷古跡詩鈔》）

## 廣信府鉛山縣拜稼軒公墓。在鉛山縣七都，今後裔已無存，爲一李姓人以其母葬於公墓之上。擯而斥之，不能無望守士者

辛紹業

昔讀《宋史》傳，憤發惟我公。豈緊文章重，實乃氣節隆。朅來鉛山縣，馬鬣拜遺封。山川愴人懷，憔悴無春容。松柏摧已盡，羊馬卧西風。舊時圓通庵，蔓草迷西東。牧童上丘隴，奸民肆邪懵。不虞千載塋，慢侮無敬恭。平生不平鳴，一感疊山翁。心事既已白，怨氣散晴空。況此老嫗嘴，肯令迫幽宫？聖朝崇賢德，墳廟護鄉鄘。每頌禮官文，修舉逮歲終。跂予良守宰，令典肅相從。（《武寧辛氏宗譜》卷首）

## 瓢泉，稼軒公業，今爲蔣氏所有，供佛與粟主其間，作詩傷之

辛紹業

舊聞瓢泉名，今來瓢泉臨。瓢泉一勺清如此，照見英雄萬古心。想當桂雲松月下，石罅

涓涓響筑琴。麻鞋黄閣坐無分，歸來猿鶴舊約尋。豈知世故物亦更，人家古佛寄龕塵。不見瓢泉主，空想瓢泉斟。灸宋半壁久波逝，況乃此泉一號涔。人生萬事何須問，帶湖流水自古今。

同治十三年甲戌冬月吉旦，萬載裔孫紹業頓首拜撰。（同上）

# 附録二　諸家贈酬及紀念詞

## 水調歌頭

上辛幼安生日　韓玉

重午日過六，靈嶽再生申。丰神英毅，端是天上謫仙人。夙藴機權才略，早歲來歸明聖，驚聳漢廷臣。言語妙天下，名德冠朝紳。　繡衣節，移方面，政如神。九重隆眷倚注，偉業富經綸。聞道山東出相，行拜紫泥飛詔，歸去秉洪鈞。壽嘏自天錫，安用擬莊椿？

（《東浦詞》）

## 水調歌頭 呈辛隆興　楊炎正

杖屨覓春色，行徧大江西。訪花問柳，都自無語欲成蹊。不道七州三壘，今歲五風十雨，全是太平時。征轡晚乘月，漁釣夜垂絲。　詩書帥，坐圍玉，麈揮犀。興方不淺，領袖風月過花期。只恐梅梢青子，已露調羹消息，金鼎待公歸。回首滕王閣，空對落霞飛。（《西樵語業》）

## 賀新郎 寄辛潭州　楊炎正

夢裏驂鸞馭，望蓬萊不遠，翩然被風吹去。吹到楚樓煙月上，不記人間何處。但疑是蓬壺別所。縹緲霓裳天女隊，奉一仙滿把流霞舉。如喚我，醉中舞。　醉醒夢覺知何許？問瀟湘今日，誰與主盟尊俎？無限青春難老意，擬倩管絃寄與。待新築沙隄穩步。萬里雲霄都歷遍，却依前流水桃源路。留此筆，爲君賦。（同上）

## 滿江紅

辛帥生日　趙善括

海嶽儲祥，符昌運挺生賢哲。天賦與飄然才氣，凛然忠節。穎脱難滅衝斗劍，誓清行擊中流楫。二十年麾節遍江湖，恩威浹。　香檖直，雲峰列。觴羽急，鯨川竭。共介公眉壽，贊公賢業。出處已能齊二老，功名豈止超三傑？待吾皇千載帶金重，頭方黑。（《應齋雜著》卷六）

## 醉蓬萊

前題　趙善括

正綵鈴墜蓋，玉燕投懷，夢符佳月。五百年前，誕中興人傑。杖策歸來，入關徒步，萬里朝金闕。貫日忠誠，淩雲壯志，妙齡英發。　名鎮重湖，屢憑熊軾。恩滿西江，載分龍節。有志澄清，誓擊中流楫。談笑封侯，雍容謀國，看掀天功業。待與斯民，慶公華衮，祝公黄髮。（同上）

## 洞仙歌

壽稼軒　楊炎正

帶湖佳處，仿佛真蓬島。曾對金尊伴芳草。見桃花流水，别是春風，笙歌裏，誰信東君會老。　功名都莫問，總是神仙，買斷風光鎮長好。但如今經國手，袖裏偷閑，天不管怎得關河事了？待貌取精神上淩煙，却旋買扁舟，歸來聞早。（《西樵語業》）

## 鵲橋仙

壽稼軒　楊炎正

築成臺榭，種成花柳，更又教成歌舞。不知誰爲帶湖仙？收拾盡壺天風露。　閑中得味，酒中得趣，只恐天還也妒。青山縱買萬千重，遮不斷詔書來路。（同上）

## 滿江紅

壽稼軒　楊炎正

壽酒如澠，拚一醉勸君休惜。君不記濟河津畔，當年今夕。萬丈文章光焰裏，一星飛墜從南極。便御風乘興入京華，班卿棘。　君不是，長庚白。又不是，嚴陵客。只應是明主夢中良弼。好把袖間經濟手，如今去補天西北。等瑶池侍宴夜歸時，騎箕翼。（同上）

## 好事近

辛幼安席上　韓元吉

華屋翠雲深，雲外晚山千疊。眼底無窮春事，對楊枝桃葉。　老來沉醉爲花狂，霜鬢未須鑷。幾許夜闌清夢，任翻成蝴蝶。（《南澗甲乙稿》卷七）

## 沁園春

寄辛承旨，時承旨招不赴　劉過

斗酒彘肩，風雨渡江，豈不快哉？被香山居士，約林和靖，與東坡老，駕勒吾回。坡謂「西湖，正如西子，濃抹淡妝臨鏡臺」。二公者，皆掉頭不顧，只管銜杯。　白言「天竺飛來，圖畫裏崢嶸樓觀開。愛東西雙澗，縱横水繞；兩峰南北，高下雲堆」。逋曰「不然，暗香浮動，争似孤山先探梅」？須晴去，訪稼軒未晚，且此徘徊。（《龍洲集》卷一一）

## 沁園春　寄辛稼軒　劉過

古豈無人，可以似吾稼軒者誰？擁七州都督，雖然陶侃；機明神鑑，未必能詩。常衮何如？羊公聊爾，千騎東方侯會稽。中原事，縱匈奴未滅，畢竟男兒。　平生出處天知，算整頓乾坤終有時。問湖南賓客，侵尋老矣；江西户口，流落何之？盡日樓臺，四邊屏障，目斷江山魂欲飛。長安道，算世無劉表，王粲疇依？（同上）

## 八聲甘州　秋夜奉懷浙東辛帥　張鎡

領千巖萬壑豈無人？唯欠稼軒來。正松梧秋到，旌旗風動，樓觀雄開。俯檻何勞一笑？瀚海蕩纖埃。餘事了凫鷖，閑詠命尊罍。　江左風流舊話，想登臨浩歎，白骨蒼苔。把龍韜藏去，遊戲且蓬萊。念鄉關偏憐霜鬢，愛盛名何似展真才？懷公處，夜深凝望，雲漢星回。（《南湖集》卷一〇）

## 洞仙歌

黄木香贈辛稼軒　姜夔

花中慣識，壓架玲瓏雪。乍見緗蕤間琅葉，恨春風將了，染額人歸，留得箇裊裊垂香帶月。　鵝兒真似酒，我愛幽芳，還比酴醾又嬌絶。自種古松根，待看黄龍，亂飛上蒼髯五鬣。更老仙添與筆端春，敢喚起桃花，問誰優劣？（《白石道人歌曲》别集）

## 六州歌頭

送辛稼軒　程珌

向來抵掌，未必總談空。難遍舉，質三事，試從公。記當年賦一丘一壑，天爲闊，淵魚静；莫擊磬，但酌酒，儘從容。一水西來他日，會從公，曳杖其中。問前回歸去，已笑白髮成蓬。不識如今，幾西風？　蒙莊多事，論虱豕，推羊蟻，未辭終。又驟説，魚得計，孰能通？歎如雲罔罟，龍伯啖，眇難窮。凡三惑，誰使我，釋然融？豈是匏瓜者，把行藏悉付鴻濛？且從頭檢校，想見迎公，湖上千松。（《洺水集》卷三〇）

## 念奴嬌 留别辛稼軒 劉過

知音者少，自乾坤許大，着身何處？直待功成方肯退，何日可尋歸路？多景樓前，垂虹亭下，一枕眠秋雨。虚名相誤，十年枉費辛苦。　不是奏賦明光，上書北闕，無驚人之語。我自匆忙天未許，贏得衣裾塵土。白璧追歡，黄金買笑，付與君爲主。蓴鱸江上，浩然明日歸去。（《龍洲集》卷一一）

## 摸魚兒 過期思稼軒之居，曹留飲於秋水觀，賦一詞謝之 章謙亨

想先生跨鶴歸去，依然上界官府。胸中丘壑經營巧，留下午橋别墅。堪愛處，山對起飛來萬馬平波駐。帶湖鷗鷺，猶不忍寒盟，時尋門外，一片芰荷浦。　秋水觀，環繞滔滔瀑布。參天古木奇古。雲煙只在闌干角，生出晚來微雨。東道主，愛賓客梅花爛熳開尊俎。滿懷塵土。掃蕩已無餘，貿然如上，玉嶠翠瀛路。（乾隆《鉛山縣志》卷一三）

## 水龍吟

酹辛稼軒墓。在分水嶺下　張埜

嶺頭一片青山，可能埋没淩雲氣？遐方異域，當年滴盡，英雄清淚。星斗撑腸，雲煙盈紙，縱横遊戲。漫人間留得，陽春白雪，千載下，無人繼。　不見戟門華第，見蕭蕭竹枯松悴。問誰料理，帶湖煙景，瓢泉風味？萬里中原，不堪回首，人生如寄。且臨風高唱，逍遥舊曲，爲先生酹。（《古山樂府》）

## 感皇恩

與客讀《稼軒樂府》全集　王惲

幽思耿秋堂，芸香風度，客至忘言孰賓主？一篇雅唱，似與朱絃細語。恍疑南澗坐，揮談麈。　霽月光風，竹君梅侣。中有新亭淚如雨。力扶王略，志在中原一舉。丈夫心事了，驚千古。（《秋澗樂府》卷二）

## 沁園春

酹稼軒故居　張西巖

樂府以來，繼吾坡公，惟有稼軒。愛筆頭神彩，全非近代；胸中才氣，猶是中原。把百餘年，秦晁賀晏，前輩諸人都併吞。無能敵，放秋空一鶚，獨自騰騫。　聲華舊塞乾坤。祇留得清貧與子孫。歎時雖暫用，幾回北望；人常見忘，萬里南奔。谷變陵遷，故家零落，不見當年畫戟門。尊中酒，望雲山高處，遥酹英魂。（《稼軒集鈔存》引《永樂大典》）

## 摸魚兒

辛幼安傷春詞，悲涼動今古。惜其蛾眉買賦之句，未忘身世，爲次其韻以廣之　王夫之

總繇他閑愁不管，纔來又還催去。悠悠一派東流水，載得落花無數。人長住，却笑伊，來回奔走天涯路。憑闌無語，終不似黄鶯，苦愛東風，百囀迎人絮。　今古事，莫待怨誰相誤。可但月來雲妒？傷春未已傷秋賦。重倩吟蛩寒訴。瓊花舞。又早見玉山瑶井

填黄土！無爲自苦。待人散月斜，日長山静，儂自有歸處。（《鼓櫂二集》）

## 摸魚兒

辛詞煙柳斜陽之句，宜其悲也。乃尤有甚於彼者，復用韻寫之　王夫之

向西園花飛一片，早已傷心春去。殘紅落盡更如今，難把流光追數。留不住，征鴻影，黄沙紫塞秦關路。從誰寄語？道有人獨對，雨打梨花，看黏泥飛絮。倩流水，欲覓芳蹤還誤。津頭風雨深妒。淒涼庾信《江南賦》。難向無情天訴。爲楚舞，流不盡楚歌血濺陰陵土！寸心知苦。望萬里荒煙，一蓑漁艇，渺渺無歸處。（同上）

# 附録三　有關辛稼軒生平事歷之文

## 稼軒記

洪邁

國家行在武林，廣信最密邇畿輔。東舟西車，蠭午錯出，勢處便近，士大夫樂寄焉。環城中外，買宅且百數，基局不能寬，亦曰避燥濕寒暑而已耳。

郡治之北可里所，故有曠土存，三面傅城，前枕澄湖如寶帶。其從千有二百三十尺，其衡八百有三十尺，截然砥平，可廬以居。而前乎相攸者皆莫識其處，天作地藏，擇然後予。濟南辛侯幼安最後至，一旦獨得之。既築室百楹，度財占地什四，乃荒左偏以立圃，稻田泱泱，居然衍十弓。意他日釋位而歸，必躬耕於是，故憑高作屋下臨之，是爲稼軒。而命田邊立亭曰植杖，若將真秉耒耨之爲者。東岡西阜，北墅南麓，以青徑款竹扉，錦路行海棠。集山有樓，婆娑有堂，信步有亭，滌硯有渚。皆約略位置，規歲月緒成之。而主人初未之識也，繪圖畀予，曰：「吾甚愛吾軒，爲我記。」

予謂侯本以中州雋人，抱忠仗義，章顯聞於南邦。齊虜巧負國，赤手領五十騎，縛取於五萬衆中，如挾毚兔。束馬銜枚，間關西奏淮，至通晝夜不粒食。壯聲英概，懦士爲之興起，聖天子一見三歎息，用是簡深知。入登九卿，出節使二道，四立連率幕府。頃賴氏寇作，自潭薄於江西，兩地驚震，譚笑埽空之。使遭事會之來，挈中原還職方氏，彼周公瑾、謝安石事業，侯蓋饒爲之。此志未償，顧自詭跡，放浪林泉，從老農學稼，無亦大不可歟？

若予者倀倀一世間，不能爲人軒輊，乃當夫須襏襫，醉眠牛背，與蕘童牧孺肩相摩，幸未黎老時及見侯展大功名，錦衣來歸，竟廈屋潭潭之樂，將荷笠櫂舟，風乎玉溪之上，因園隸内謁曰：「是嘗有力於稼軒者。」侯當輟食迎門，曲席而坐，握手一笑，拂壁間石細讀之，庶不爲生客。

侯名棄疾，今以右文殿修撰再安撫江南西路云。（祝穆《古今事文類聚》前集卷三六《民業部・農家類》）

## 辛棄疾諳曉兵事

朱熹

辛棄疾頗諳曉兵事。云：「兵老弱不汰可慮。向在湖南收茶寇，令統領揀人，要一可當十者。押得來便看不得，盡是老弱。」問何故如此？云：「只揀得如此，間有稍壯者，諸處借事去。州郡兵既弱，皆以大軍可恃，又如此！爲今之計，大段著揀汰，但所汰者又未有頓處。」「某向見張魏公，説以分兵殺敵之勢：『只緣虜人調發極難，完顔要犯江南，整整兩年，方調發得聚。彼中雖是號令簡，無此間許多周遮，但彼中人纔逼迫得太急，亦易變，所以要調發甚難。只有沿淮有許多捍禦之兵。爲吾之計，莫若分幾軍趨關陝，他必擁兵於關陝；又分幾軍向西京，他必擁兵於西京；又分幾軍望淮北，他必擁兵於淮北。其他去處必空弱，又使海道兵擣海上，他又著擁兵捍海上。吾密揀精兵幾萬在此，度其勢力既分，於是乘其稍弱處，一直收山東。虜人首尾相應不及，再調發來添助，彼卒未聚，而吾已據山東。纔據山東，中原及燕京自不消得大段用力。蓋精鋭萃於山東，而虜勢已截成兩段去。又先下明詔，使中原豪傑自爲響應。』是時魏公答以：『某只受一方之命，此事恐不能主之。』」（《朱子語類》卷一一〇《論兵》）

## 辛稼軒畫像贊

陳亮

眼光有稜，足以照映一世之豪；背胛有負，足以荷載四國之重。出其毫末，翻然震動。不知鬚鬢之既斑，庶幾膽力之無恐。呼而來，麾而去，無所逃天地之間；撓弗濁，澄弗清，豈自爲將相之種？故曰真鼠枉用，真虎可以不用，而用也者，所以爲天寵也。

（增訂本《陳亮集》卷一〇）

## 丙子輪對札子（其二） 程珌

臣聞自天地肇分以來，有中國則有戎狄也。而惟五胡雲擾，割據中原，則紊天地之常經，失華戎之大分，未有甚於此時者。然考其始興，稽其滅亡，率不過數十年。石勒、慕容儁各十餘年，苻健、姚秦三十餘年，元魏東西雖百餘年，而不能全有中原之地。故自元魏而後，奄地之廣，傳世之多，未有若女真者。肆我祖宗得請於上帝，假手韃靼，連歲屏除，岌岌之勢千鈞一髮矣。然一狄亡，一狄生，而又中原英豪與夫乘時姦夫，變出須臾，患生盤糾，風塵翕忽，平定難期。蓋中原腹心也，吴蜀荆襄四肢也，腹心受病，未有四肢獨安者，其可不重勤聖慮哉！

甲子之夏，辛棄疾嘗爲臣言：「中國之兵，不戰自潰者，蓋自李顯忠符離之役始。百年以來，父以詔子，子以授孫，雖盡僇之，不爲衰止。惟當以禁旅列屯江上，以壯國威。至若渡淮迎敵，左右應援，則非沿邊土丁，斷不可用。目今鎮江所造紅衲萬領，且欲先招萬人,正爲是也。蓋沿邊之人,幼則走馬臂弓,長則騎河爲盗,其視虜人,素所狎易。若夫通、泰、真、揚、舒、蘄、濡須之人,則手便犁鉏,膽驚鉦鼓,與吳人一耳,其可例以爲邊丁哉!招之得其地矣,又當各分其屯,無雜官軍。蓋一與之雜,則日漸月染,盡成棄甲之人。不幸有警,則彼此相持,莫肯先進。一有微功,則彼此交奪,反戈自戕,豈暇向敵哉?雖然,既知屯之不可不分矣,又當知軍勢之不可不壯也。淮之東西,分爲二屯,每屯必得二萬人乃能成軍。淮東則於山陽,淮西則於安豐,擇依山或阻水之地而爲之屯,令其老幼悉歸其中,使無反顧之慮,然後新其將帥,嚴其教閲,使勢合而氣震,固將有不戰而自屈者。」

又與臣言:「諜者,師之耳目也,兵之勝負與夫國之安危悉繫焉。而比年有司以銀數兩,布數匹給之,而欲使之捐軀深入,刺取虜之動息,豈理也哉?」於是出方尺之錦以示臣,其上皆虜人兵騎之數、屯戍之地,與夫將帥之姓名。且指其錦而言曰:「此已廢四千緡矣。」又言:「棄疾之遣諜也,必鉤之以旁證,使不得而欺。如已至幽燕矣,又令至中山,至濟南。中山之爲州也,或背水,或負山,官寺帑廩位置之方,左右之所歸,當悉數之。其往濟南也亦然。」又曰:「北方之地,皆棄疾少年所經行者,彼皆不得而欺也。」又指其錦而言曰:「虜之士馬尚若是,其可易乎?」蓋方是時,朝廷有其意而未有其事也。

明年乙丑，棄疾免歸。又明年丙寅，始出師。一出塗地，不可收拾：百年教養之兵，一日而潰；百年葺治之器，一日而散；百年公私之蓋藏，一日而空；百年中原之人心，一日而失。鄧友龍敗，朝廷以丘崇代之。臣從丘崇至於淮甸，目擊横潰，爲之推尋其由，無一而非棄疾預言於二年之先者：所集民兵皆鉏犁之人，拘留維揚，物故幾半。臣言之崇，一日而縱去者不啻萬人，此蓋犯招兵不擇之忌也。禁旅、民兵，混而不分，爭泗，攻壽，相戕殆盡，此蓋犯兵屯不分之忌也。兵數單寡，分佈不敷，人心既寒，望風爭竄，此蓋犯軍勢不張之忌也。十月晦夜，虜人以筏濟兵，已滿南岸，而劉世顯等熟卧不知，遽報寖急，倉皇授甲。晨未及食，饑而接戰，一鼓大潰。至若烽亭，近在路隅，一聞邊聲，燧卒先遁，所至烽煙不舉，虜猝至前，率不能辨，此又犯諜候不明之忌也。丘崇經理曾未三月，而虜騎已渡淮矣。

夫往者之轍，來者之鑑也。覆而不鑑，則猶前轍耳。今日之事，固與前日大異：向也一於謀人，今焉專於自治。九重之所宵旰，廟堂之所經理，將帥之所舉行，無一日而或忘也。而來自邊方者，猶以爲兵屯未分焉，兵勢未張焉，所招之兵未皆壯勇焉。又言城築之事，春夏非時則土氣融液，板幹促迫則工力苟簡，異時恐不堅密焉。而臣區區之愚，竊謂邊方事宜誠難遥度。伏願陛下申詔諸將，使之相度山川形勢，覽觀丙寅覆轍，某城當築，某壕當浚，某堡當修，某寨當葺，上而川蜀，中而襄漢，下而兩淮，凡彼之所必攻，而我之所當備，其所可設伏也，某所當控扼也，某所可邀擊也，某所可持守也，酌其輕重，量其緩急。某所當屯若干也，某屯當增若干也，大綱細目，俾各以所見條具來上，而朝廷爲之斟酌而行之，如其所欲爲而責其成功。不及今無事之時，使之得以盡其所欲言，一旦有故，彼將曰：「某城朝廷所築也，某兵朝廷所屯也，某寨朝廷所修也，某池朝廷所浚也。力盡於不當爲之所，而功遺於所當用之地，非吾所與知也。」於是得以有辭矣。昔之英主駕馭將帥，或面詰，或疏問，使之空臆盡言，因得以第其才能而占其成否，皆若是也。

雖然，凡若是瑣瑣者，皆邊將事耳。若關宗社之大計，圖不世之偉功，則固有李德裕處回鶻之事而可以弭後患，种世衡自任邊方之責而不以累朝廷，此則未敢遽言也。蓋禮樂征伐自天子出，惟至神獨斷之。

李德裕有言：「跡疏而言親者危，地卑而意忠者忤。」臣不量其賤而冒昧及是，惟陛下幸赦之。（《洺水集》卷二）

## 稼軒辛公贊

徐元杰

公名棄疾，字幼安。其先濟南人，徙於邑之期思。靖康之難，朝請公累族衆，不克南渡，常誨先生無忘國讎。紹興末，虜渝盟，乃與郡豪耿京，糾合義兵二十五萬，以圖克復。高宗勞師建康，亟入，條奏大計，上偉其忠，驟用之。會羣盜攻剽江右，先生毅然請行，衣繡，節制軍馬，期以一月盪平，果如其言。晚登禁從。所居有瓢泉、秋水，諫稿詞集行於世。

贊曰：摩空節氣，貫日忠誠。紳綬動色，草木知名。陽春白雪，世所共珍。秋水瓢泉，清哉斯人。（《楳埜集》卷一一）

## 謝采伯記事一則

鶯粟，紅白二種，痔下者隨色用之，即愈。辛稼軒患此，已殆甚，一異僧以陳鶯粟煎全料人參敗毒散，吞下感通丸十餘粒，即愈。（《密齋續筆記》）

# 江東運司策問

謝枋得

景定中，江東轉運司行貢舉，引試北方士人一科。時疊山先生謝公枋得爲考試官，發策以中原爲問，問目筆力甚偉。當時遠近傳誦，今將五十年矣。故書中得舊本，恐失之，謾録於此：

問：事有利害不切身而傷懷，人有古今不同時而合志，吾亦不知其何心也。登治城，訪新亭，欲問神州在何處。自南渡百四十年，惟見青山一髮，眇眇愁予，耆老不足證矣。安得不夢寐東晉諸賢乎？衰草寒煙，猶帶齊梁光景，徒以重人黯然耳。不知秦淮舊月，曾見千載英雄肝膽乎？惜其遠而不可詰也。北來諸君，忠義之澤在心，慨歎黍苗，悲歌蒲柳，豈能忘情故都哉？本朝道德仁義之教，三代而後未有也。士大夫苟且媮惰無能遠，猶晉宋人物所不爲也。自隆興至端平三大敗，縉紳不敢問中原矣。兵端不可妄開，國事不可再誤。思目前之危急，舍分外之經營，兹猶可藉口。柏城澗水，草木自春，不知誰家墳墓乎？每歲寒食，夏畦馬醫之子，無不以麥飯灑其松楸者，長陵抔土，詎容置而不問哉？劉裕入長安，道洛謁五陵，時晉寄江左百十有三年矣。五胡雲擾，豈暇念晉陵廟？舜野禹穴，誰敢以疑心視之？此臣子不忍言之至痛也。由端平至今又三十年，八陵不復動淒愴。秦始皇、陳隱王之冢猶有人守之，三歲禋沛，義夫節婦墳墓亦禁樵採，况祖宗神靈所眷乎？士大夫沉於湖山歌舞之娛，何知有天下大義！諸君北風素心，豈隨末俗間斷哉！公卿談學問，自許孔孟；談功業，自許伊周。若限田，若鄉飲，若論秀，若舉逸，皆欲彷彿三代，此一事乃堪在晉人下哉？或謂本朝不能取中原者，其失有四：不保全名將，不信任豪傑，不招納降附，不先據中原。不知諸君所聞何如也。後來童稚，班荆輟音，固晉人所深恨。西北流寓，抱孫長息於東南，同父已知中原決不可復矣。一旦聞有北方豪俊試於澧闈，有司安得不驚喜也！猶記乾道壬辰，辛幼安告君相：「髓虜六十年必亡，虜亡而中國之憂方大。」紹定驗矣，惜乎斯人之不用斯世也。諸君亦有義氣如幼安者，百尺樓上，豈可不分半席乎？

或謂策問當設疑問難，今一筆説去，似非問目。然文氣振發，終是一篇好文字，其問目即藏於議論之中，但恐難爲對耳。（《隱居通議》卷二〇）

# 祭辛稼軒先生墓記

謝枋得

稼軒字幼安，名棄疾。列侍清班，久歷中外。五十年間，身事四朝，僅得老從官號名。稼軒垂歿，乃謂樞府曰：「侂胄豈能用稼軒以立功名者乎？稼軒豈肯依侂胄以求富貴者乎？」自甲子至丁卯而立朝署四年，官不爲邊閫，手不掌兵權，耳不聞邊議。後之誣公，以片隻字而文致其罪，孰非天乎？嘉定名臣無一人議公者，非腐儒則詞臣也。公論不明則人極不立，人極不立則天之心無所寄，世道如之何？

枋得先伯父嘗登公之門，生五歲，聞公之遺風盛烈而嘉焉。年十六歲，先人以《稼軒奏議》教之，曰：「西漢人物也。」讀其書，知其人，欣然有執節之想。乃今始與同志升公之堂，瞻公之像，見公之曾孫多英傑不凡，固知天於忠義有報矣。爲信陵置守冢者，慕其能得人也。祭田橫墓而歎者，感其義高能得士也。謁武侯祠至不可忘，思其有志定中原而願不遂也。有疾聲大呼於祠堂者，如人鳴不平，自昏暮至三更不絶聲，近吾寢室愈悲，一寺數十人，驚以爲神。

公有英雄之才，忠義之心，剛大之氣，所學皆聖賢之事。朱文公所敬愛，每以「股肱王室，經綸天下」奇之，自負欲作何如人？ 昔公遇仙，以公其相乃青兕也。 公以詞名天下。 公初卜，得離卦，乃南方丙丁火，以鎮南也。 後之誣公者，欺天亦甚哉！

二聖不歸，八陵不祀，中原子民不行王化，大讎不復，大恥不雪，平生志願百無一酬，公有鬼神，豈能無抑鬱哉？ 六十年來，世無特立異行之士，爲天下明公論，公之疾聲大呼於祠堂者，其意有所託乎？ 枋得倘見君父，當披肝瀝膽，以雪公之冤，復官，還職，恤典，易名，録後，改正文傳，立墓道碑，皆仁厚之朝所易行者。 然後録公言行於書史，昭明萬世，以爲忠臣義士有大節者之勸。 此枋得敬公本心，親國之事，亦所以爲天下明公論、扶人極也。 言至此，門外聲寂然。 枋得之心，必有契於公之心也。 以隻雞斗酒酬於祠下。 文曰：

嗚呼，天地間不可一日無公論，公論不明則人極不立，人極不立天地之心無所寄。本朝以仁爲國，以義待士大夫。 南渡後宰相無奇才遠略，以苟且心術，用架漏規模，紀綱、法度、治兵、理財無可恃，所恃撫持社稷者，惟士大夫一念之忠義耳。 以此比來，忠義第一人，生不得行其志，没無一人明其心，全軀保妻子之臣，乘時抵瞞之輩，乃苟富貴者，資天下之疑，此朝廷一大過，天下間一大冤，志士仁人所深悲至痛也。 公精忠大義，不在張忠獻、岳武穆下。 一少年書生，不忘本朝，痛二聖之不歸，閔八陵之不祀，哀中原子民之不行王化，結豪傑，志斬虜馘，挈中原還君父，公之志亦大矣。耿京死，公家比者無位，猶能擒張安國歸之京師，有人心天理者，聞此事莫不流涕。使公生於藝祖、太宗時，必旬日取宰相。入仕五十年，在朝不過老從官，在外不過江南一連帥。公没，西北忠義始絶望，大讎必不復，大恥必不雪，國勢遠在東晋下。五十年爲宰相者，皆不明君臣之大義，無實焉耳。（《疊山先生文集》卷三）

## 同會辛稼軒先生祠堂記

謝枋得

唐虞五臣皆有帝王之才，三國英雄僅了將相之事。器不大不能以運天下。余談稼軒久，知其人。與同志會於金相寺，過其庵，可以想見夫器之大。夜宿祠堂前，公平日爲官但以隻雞斗酒爲膳，吾明日奠以隻雞斗酒。唐人謂「武侯祠堂不可忘」，悲其定中原、興漢室，有志而不遂也。天地間好功名必待真男子，儘多器大者得之。吾黨必有成稼軒之志者，毋忘此會。

同志者：闞大猷子遠、應君實伯誠、虞公著壽翁、南方應得人、王潛仲、胡子敬雲晁、藍國舉、張海潛、顔子宗、吴志道、袁太初、林道安、周人傑淑貞、吴仁壽、李仁叔、趙平

民。外有稼軒之孫辛徽慶美如會。咸淳七年十月二十三記。（《疊山先生文集》卷七）

## 有宋南雄太守朝奉辛公壙志

辛衍

先君諱韡，字仲武，家世濟南辛氏。自稼軒公仗義渡江，寓居信州鉛山縣之期思，因居焉。

曾祖文郁，故任中散大夫，妣太令人孫氏。祖棄疾，故任中奉大夫、龍圖閣待制，累贈正議大夫，妣碩人趙氏、范氏。父秬，故任朝請大夫、直秘閣，贈中奉大夫，妣韓氏，贈令人。所生陳氏，封安人。

先君生於嘉定己巳四月二十三日。寶慶元年二月，以父任京西憲漕，該理宗皇帝登極恩，補將仕郎。紹定五年，銓試合格，授迪功郎、吉州永新縣主簿。未上，六年正月賞，循從事郎。適秘閣公有潼川憲節之命，私計不便，移籍，定差重慶府江津縣酒税。被臺檄攝尉，捕盗有功。端平元年秩滿，定差鎮江軍節度推官，未上。夔憲上前功於朝，嘉熙四年十月，特旨改承務郎，知嚴州浮安縣丞。淳祐二年三月，以父憂解官。四年六月，復隆興府新建縣丞。八年二月磨勘，轉承務郎。四月，知江州瑞昌縣事。九月磨勘，轉承事郎。寶祐元年四月磨勘，轉宣義郎。八月，堂差通判永州。開慶元年三月，以平劇賊鄭恩豪賞，轉宣教郎，敕差充提領犒賞酒庫所主管文字，未上。辟差兩浙運管。十月磨勘，轉通直郎。景定二年十一月磨勘，轉奉議郎。十二月，差知英德軍府事，未上。四年十二月，主管建康府崇禧觀。咸淳元年閏月，以度宗皇帝龍飛，該轉承議郎。九月，差知辰州軍州事，仍借紫，未上。以親老，改差江東安撫司參議官。四年二月磨勘，該轉朝奉郎。五年二月，丁生母憂。七年八月服闋，差知南雄州。先君至是年六十有三矣。早從秘閣公跋履襄蜀，險阻備嘗，及暮年而多病，無復榮進念。屢欲上致仕之章，未果。八年七月，卒於正寢。

先君娶魏氏，乃紹興名御史魏公矼之女孫也。先□□□□：衍、衢。□□，衍，衡州軍事判官。孫男三人：壽翁、闢郎、進弟。先君卒之明年十有一月，奉柩還□□□□，明年十有一月丙申，葬於山之麓，從治命也。

先君端簡嚴重，不言而躬行。事親孝，蒞官廉，□□自政□□曲，和而不同。生一歲失母，間關求訪，垂晚歲得之。世皆□□壽昌事爲□，歷任□□州，及官輦下，清白一節，誠可以質諸鬼神。性雅節儉，處綺紈，歆然有韋布風，無一毫矜驕之顏，□三仕三已，喜愠不形之色。官四十年矣，位至二千石，先疇之外不加益。身死，家無遺貲。死之日，鉛人如悲親。則先君之大概可睹矣。不肖孤將求銘於當世之大手筆，遠日□彙次未□，□□其略，刻之幽宫云。

咸淳十年甲戌十一月，孤哀子衍泣血百拜謹記。

契家生奉議郎、直秘閣、廣南東路轉運判官兼提舉常平鹽事徐直諒書諱。（據原石拓片）

## 党承旨懷英辛尚書棄疾

劉祁

党承旨懷英，辛尚書棄疾，俱山東人。少同舍，屬金國初遭亂，俱在兵間。辛一旦率數千騎南渡，顯於宋。党在北方，擢第入翰林，有名，爲一時文字宗主。二公雖所趣不同，皆有功業寵榮，視前朝陶穀、韓熙載亦相況也。後辛退閑，有詞《鷓鴣天》云：「壯歲旌旗擁萬夫，錦襜突騎渡江初。燕兵夜娖銀胡䩮，漢箭朝飛金僕姑。追往事，歎今吾，春風不染白髭鬚。却將萬字平戎策，換得東家種樹書。」蓋紀其少時事也。（《歸潛志》卷八）

# 宋兵部侍郎賜紫金魚袋稼軒公歷仕始末

辛公稼軒，名棄疾，字幼安，其先濟南，中州人。宋高宗紹興十年庚申五月十一日卯時生。

十四歲領鄉薦。爲忠義軍節度使掌書記。三十有一年辛巳十二月，奉耿京表，詣行在，加升補承務郎、天平軍節度使掌書記。江陰軍簽判。廣德軍通判。司農寺簿。知滁州。江東帥參。倉部員外郎、倉部郎中。後爲江西提點刑獄。又除秘閣修撰、京西運使。知江陵府、湖北安撫。知隆興府、江西安撫。大理寺少卿。湖北運使。知潭州、湖南安撫。右文殿修撰、再知隆興府、江西安撫。福建提刑。大理寺卿。集英殿修撰，知福州、福建安撫。知紹興、浙東安撫。寶謨閣待制，知鎮江府。寶文閣待制，歷城縣開國男，知江陵府、湖北安撫。龍圖閣待制，尚書兵部侍郎。樞密都承旨。官通奉大夫，贈光禄大夫。

初寓京口，後卜居廣信帶湖，爲煨燼所變，慶元丙辰，徙鉛山州期思市瓜山之下，所居有瓢泉、秋水。

開禧丁卯九月初十，終於家。卒之日，家無餘財，僅遺生平詞、詩、奏議、雜著書集而已。

紹定庚午，贈少保、光禄大夫，謚忠敏。奉敕葬鉛山鵝湖鄉洋源。立神道於官路，勒墓碑門石。（《菱湖辛氏族譜》卷首）

按：據文中「徒鉛山州期思市瓜山之下」語，知右文爲元人所作。以元代宋後，改鉛山縣爲鉛山州也。

## 稼軒書院興造記

戴表元

廣信爲江、閩、二浙往來之交，異時中原賢士大夫南徙多僑居焉。濟南辛侯幼安居址闕地最勝，洪内翰所爲記稼軒者也。當其時，廣信衣冠文獻之聚既名聞四方，而徽國朱文公諸賢實來稼軒，相從遊甚厚。於是鵝湖東興，象麓西起，學者隱然視是邦爲洙泗闕里矣。然稼軒之居未久蕪廢，辛氏亦不能有之。辛未歲〔一〕，太守會稽唐侯震因豪民之訟，閱籍則其址爲官地。明年，乃議創築精舍以居生徒，纔成夫子燕居及道學儒先祠而唐侯去。其冬，鄱陽李侯雷初至，遂始竟堂寢齋廡門臺，諸役成而扁其額曰廣信書院，甲戌歲春也。

書院成之二十五年，是爲大德二年戊戌，官改廣信書院額還曰稼軒，而棟宇頽敝已甚。又五年，北譙朱侯霽至，展謁見之，作而曰：「兹復誰諉乎？」即屬山長新安趙君然明極力經理。初，書院之爲廣信也，計屋不啻二百楹，浮瓦鋪綴，不支風雨。及整頓完損，迄成堅廈。講廬齋房，儲倉膳庖，會朋之序，休客之次，通明之牖，備禮之器，於昔所有必補，凡今所無必具。植都門，繚周牆，甃文徑。余嘗以暇過趙君，岡巒迴環，榆柳掩鬱。長湖寶帶横其前，重闕華表翼其後，心甚羨之。問水堰，曰：「是中可種萬頭魚，今以蓄洩水處也。」問松臺，曰：「是稼軒遺跡，舊植栢千株，今增之成林也。」問桑圃官池，曰：「是稼軒所耕鈞，今表而出之也。」問湖上門，曰：「是舊塗，自西循湖南東來，今始復也。」問新井，曰：「是舊鑿，今得諸涯莽中，修浚而汲之，非新井也。」問地廣袤若何，曰：「是西北曠土，皆稼軒故物，爲營卒所侵。吾請於官得復，而萬户府又約束之，使無擾也。」問土役多寡、財計贏縮若何，曰：「吾力何以及之？此賴郡侯捐俸倡助，而諸人相與成之也。」問餘役尚幾何，曰：「吾所欲就何有極？使不以滿去，將專祠辛侯，别置小學，作一亭名倚晴，以眺靈山諸峰，一亭名魚樂，以俯西池，一亭名盪鷗，以復湖心之舊也。」

嗟夫，人嘗言有才不得位，及有位何嘗見其才，顧其志何如耳。一精舍之在廣信，於事未繫輕重，識者以是覘風化厚薄，吏治賢否。自唐、李二侯去，又廢幾何年，而僅遇今朱侯，其間豈皆無位而不爲乎？若趙君以一臒儒領空塾，能成賢守意，興重役，其才志彌不可及。謹爲摭實登載本末於石，以勸來者。（《剡源集》卷一）

〔一〕辛未，原作辛巳。按文中謂廣信書院成於甲戌，二十五年後爲元大德二年，則甲戌乃宋咸淳十年（一二七四），而辛巳乃甲戌之前五十二年，與文意不合，因知辛巳乃辛未（咸淳七年，一二七一）之誤也。

## 辛幼安

于欽

辛幼安，濟南人。《宋名臣言行録》黜稼軒不取。朱文公稱曰：「稼軒帥湖南，賑濟榜祇用八字，雖只粗法，便見他有才。」況其忠英之氣見於辭翰者不一。嘗言曰：「讎虜六十年後必滅，虜滅而宋之憂方大。」其識如此。宋人既以傖荒遇之而不柄用，中原又止以詞人目之，爲可惜也，故識之。

《宋實録》載幼安贊韓侂胄用兵，侂胄敗，幼安獲罪於士論。非也。稼軒豪傑之士，枕戈待旦，有志於中原久矣。宋人舉國聽之，豈無所成？侂胄之敗，正陳同甫所謂「真虎不用，真鼠枉用」之所致，以此議公，可乎？（《齊乘》卷六《人物》）

# 辛殿撰小傳

王惲

棄疾字幼安，濟南人。姿英偉，尚氣節，少與泰安党懷英友善。肅慎氏既有中夏，誓不爲金臣子。一日，與懷英登一大丘，置酒曰：「吾友安此，吾將從此逝矣。」遂酧别而去。既歸宋，宋士夫非科舉莫進，公笑曰：「此何有？消青銅三百，易一部時文足矣。」已而果擢第。孝宗曰：「是以三百青蚨，博吾爵者耶？其爲授觀文殿修撰。」及議邊事，主和者衆。公曰：「昔齊桓公雪九世之恥，《春秋》韙之。况我與金人不共戴天讎邪？今日之計，有戰伐而已。」時丞相侂胄當軸，與公議合，自是敗盟開邊，用兵於江淮間者數年，公力爲居多。開禧二年，除知紹興府，至陛辭，復以金人危亂，宜亟攻爲言，辭情慷慨，義形於色。繼侂胄再議恢復，乃以樞密都承旨召公於越，中道以疾卒，道號稼軒居士。今文集中壽南澗翁者，蓋侂胄也。初，公在北方時，與竹溪嘗遊泰山之靈巖，題名曰六十一上人，破辛字也。至元二十年，予按部來遊，其石刻宛在。（《玉堂嘉話》，又見《秋澗集》卷九四）

## 辛稼軒畫像贊

袁桷

妖雛殂江，八方沸騰。手提糢糊，仗義南興。閩越荆湘，是鎮是繩。智名勇功，蔑如浮雲。讒屢尼之，耳若不聞。聲裂金石，湛厥心君。運有南北，孰言一之？時有未完，矢詞窒之。卒全其歸，莫能躓之。帶湖維居，喬木鬱新。目光背甲，佩兮振振。審象式瞻，宛其不泯。（《清容居士集》卷一七）

## 宋史辛棄疾傳

辛棄疾字幼安，齊之歷城人。少師蔡伯堅，與党懷英同學，號辛党。始筮仕，决以蓍，懷英遇坎，因留事金；棄疾得離，遂决意南歸。金主亮死，中原豪傑併起，耿京聚兵山東，稱天平節度使，節制山東、河北忠義軍馬，棄疾爲掌書記，即勸京决策南向。僧義端者，喜談兵，棄疾間與之遊。及在京軍中，義端亦聚衆千餘，説下之，使隸京。義端一夕竊印以逃，京大怒，欲殺棄疾。棄疾曰：「匄我三日期，不獲，就死未晚。」揣僧必以虚實奔告金帥，急追獲之。義端曰：「我識君真相，乃青兕也，力能殺人，幸勿殺我。」棄疾斬其首歸報，京益壯之。

紹興三十二年，京令棄疾奉表歸宋。高宗勞師建康，召見，嘉納之，授承務郎、天平節度掌書記，併以節使印告召京。會張安國、邵進已殺京降金，棄疾還至海州，與衆謀曰：「我緣主帥來歸朝，不期事變，何以復命？」乃約統制王世隆及忠義人馬全福等，徑趨金營，安國方與金將酣飲，即衆中縛之以歸，金將追之不及。獻俘行在，斬安國於市，仍授前官，改差江陰簽判。棄疾時年二十三。

乾道四年，通判建康府。六年，孝宗召對延和殿。時虞允文當國，帝鋭意恢復，棄疾因論南北形勢及三國晉漢人才。持論勁直，不爲迎合。作《九議》並《應問》三篇、《美芹十論》獻於朝，言逆順之理，消長之勢，技之長短，地之要害，甚備。以講和方定，議不行。遷司農寺主簿。

出知滁州。州罹兵燼，井邑凋殘。棄疾寬征薄賦，招流散，教民兵，議屯田，乃創奠枕樓、繁雄館。

辟江東安撫司參議官，留守葉衡雅重之。衡入相，力薦棄疾慷慨有大略。召見，遷倉部郎官。提點江西刑獄，平劇盗賴文政有功，加秘閣修撰，調京西轉運判官。差知江陵府，兼湖北安撫。遷知隆興府，兼江西安撫。以大理少卿召，出爲湖北轉運副使，改湖南。尋知潭州，兼湖南安撫。

盗連起湖湘，棄疾悉討平之。遂奏疏曰：「今朝廷清明，比年李全、賴文政、陳子明、李峒相繼竊發，皆能一呼嘯聚千百，殺掠吏民，死且不顧，至煩大兵翦滅。良由州以趣辦財賦爲急，吏有殘民害物之狀，而州不敢問。縣以並緣科斂爲急，吏有殘民害物之狀，而縣不敢問。田野之民，郡以聚斂害之，縣以科率害之，吏以乞取害之，豪民以兼並害之，盗賊以剽奪害之。民不爲盗，去將安之？夫民爲國本，而貪吏迫使爲盗。今年剿除，明年剗盪，譬之木焉，日刻月削，不損則折。欲望陛下，深思致盗之由，講求弭盗之術，無徒恃平盗之兵。申飭州縣，以惠養元元爲意，有違法貪冒者，使諸司各揚其職，無徒按舉小吏以應故事，自爲文過之地。」詔奬諭之。

又以湖南控帶二廣，與溪峒蠻獠接連，草竊間作，豈惟風俗頑悍，抑武備空虚所致。乃復奏疏曰：「軍政之敝，統率不一。差出占破，略無已時。軍人則利於優閑窠坐，奔走公門，苟圖衣食。以故教閲廢弛，逃亡者不追，冒名者不舉。平居則奸民無所忌憚，緩急則卒伍不堪征行，至調大軍，千里討捕，勝負未決，傷威損重，爲害非細。乞依廣東摧鋒、荆南神勁、福建左翼例，別創一軍，以湖南飛虎爲名，止撥屬三牙密院，專聽帥臣節制調度，庶使夷獠知有軍威，望風懾服。」詔委以規畫。乃度馬殷營壘故基，起蓋砦柵，招步軍二千人，馬軍五百人，傔人在外，戰馬鐵甲皆備。先以緡錢五萬，於廣西買馬五百匹，詔廣西安撫司歲帶買三十匹。時樞府有不樂之者，數沮撓之。棄疾行愈力，卒不能奪。經度費鉅萬計，棄疾善斡旋，事皆立辦。議者以聚斂聞，降御前金字牌，俾日下住罷。棄疾受而藏之，出責監辦者，期一月飛虎營柵成，違坐軍制。如期落成，開陳本末，繪圖繳進，上遂釋然。時秋霖幾月，所司言造瓦不易，問須瓦幾何，曰：「二十萬。」棄疾曰：「勿憂。」令廂官自官舍神祠外，應居民家取溝匭瓦二，不二日皆具，僚屬歎伏。軍成，雄鎮一方，爲江上諸軍之冠。

加右文殿修撰，差知隆興府，兼江西安撫。時江右大饑，詔任責荒政。始至，榜通衢曰：「閉糴者配，彊糴者斬。」次令盡出公家官錢銀器，召官吏、儒生、商賈、市民，各舉有幹實者，量借錢物，逮其責領運糴，不取子錢，期終月至城下發糶。於是連檣而至，其直自減，民賴以濟。時信守謝源明乞米救助，幕屬不從，棄疾曰：「均爲赤子，皆王民也。」即以米舟十之三予信。帝嘉之，進一秩。以言者落職，久之，主管沖佑觀。

紹熙二年，起福建提點刑獄。召見，遷大理少卿，加集英殿修撰，知福州，兼福建安撫使。棄疾爲憲時，嘗攝帥，每歎曰：「福州前枕大海，爲賊之淵。上四郡民頑獷易亂，帥臣空竭，急緩奈何？」至是，務爲鎮静。未期歲，積鏹至五十萬緡，牓曰備安庫。謂閩中土狹民稠，歲儉則糴於廣。今幸連稔，宗室及軍人入倉請米，出即糶之。候秋賈賤，以備安錢糴二萬石，則有備無患矣。又欲造萬鎧，招强壯，補軍額，嚴訓練，則盗賊可以無虞。事未行，臺臣王藺劾其用錢如泥沙，殺人如草芥，旦夕望端坐閩王殿。遂丐祠歸。慶元元年落職，四年復主管沖佑觀。

久之，起知紹興府，兼浙東安撫使。四年，寧宗召見，言鹽法。加寶謨閣待制，提舉佑神觀，奉朝請。尋差知鎮江府，賜金帶。坐繆舉，降朝散大夫，提舉沖佑觀。差知紹興府、兩浙東路安撫使。辭免，進寶文閣待制。又進龍圖閣，知江陵府，令赴行在奏事。試兵部侍郎。辭免，進樞密都承旨，未受命而卒。賜對衣金帶，守龍圖閣待制致仕，特贈四官。

棄疾豪爽，尚氣節，識拔英俊。所交多海内知名士。嘗跋紹興間詔書曰：「使此詔出於紹興之前，可以無事讎之大耻，使此詔行於隆興之後，可以卒不世之大功。今此詔與讎敵俱存也，悲夫！」人服其警切。帥長沙時，士人或愬考試官濫取第十七名《春秋》卷，棄疾察之，信然。索亞牓《春秋》卷兩易之。啓名，則趙鼎也。棄疾怒曰：「佐國元勳，忠簡一人，胡爲又一趙鼎？」擲之地。次閲《禮記》卷，棄疾曰：「觀其議論，必豪傑士也，此不可失。」啓之，乃趙方也。

嘗謂：「人生在勤，當以力田爲先。北方之人，養生之具不求於人，是以無甚富甚貧之家。南方多末作以病農，而兼併之患興，貧富斯不侔矣。」故以稼名軒。

爲大理卿時，同僚吴交如死，無棺斂，棄疾歎曰：「身爲列卿，而貧若此，是廉介之士也。」既厚賻之，復言於執政，詔賜銀絹。

棄疾嘗同朱熹遊武夷山，賦《九曲櫂歌》。熹書「克己復禮」、「夙興夜寐」題其二齋室。熹殁，僞學禁方嚴，門生故舊至無送葬者。棄疾爲文往哭之，曰：「所不朽者，垂萬世名。孰謂公死？凛凛猶生！」

棄疾雅善長短句，悲壯激烈，有《稼軒集》行世。

紹定六年贈光禄大夫。咸淳間，史館校勘謝枋得過棄疾墓旁僧舍，有疾聲大呼於堂上，若鳴其不平，自昏暮至三鼓不絶聲。枋得秉燭作文，旦且祭之，文成而聲始息。德祐初，枋得請於朝，加贈少師，謚忠敏。（《宋史》卷四〇一）

# 菱湖辛氏族譜之隴西派下支分濟南之圖

亮公十八世孫，第一世，惟叶公，大理評事。室王氏。生子一：師古。
第二世，師古公，儒林郎。室鄔氏。生子一：寂。
第三世，寂公，賓州司户參軍。室胡氏。生子一：贊。
第四世，贊公，朝散大夫，隴西郡開國男，亳州譙縣令，知開封府，贈朝請大夫。室崔氏夫人。
贊公之子，第五世，文郁公，贈中散大夫。室孺氏，封令人。生子一，幼安公。
第六世，幼安公，諱棄疾，行第一，號稼軒。宋紹興十年庚申五月十一日卯時生。開禧丁卯年九月初十日卒，葬洋源。室趙氏，再室范氏，三室林氏。生子九：稹、秬、稏、穮、穰、穟、秸、褎、䆊。女二：長秬，幼穟。
第七世，稹公，諱稹，字兆祥，行九一。秬公，諱秬，字廣潤，行九二。稏公，諱稏，字望農，行九三。穮公，諱穮，字子尚，行九四。穰公，諱穰，字康功，行九五。穟公，諱穟，字君實，行九六。秸公，諱秸，字賓夫，行九七。褎公，諱褎，字仲舉，行九八。䆊公，諱

匵，行九九。（《菱湖辛氏宗譜》卷首）

## 濟南派下支分期思世系

始祖，第一世，稼軒公，諱棄疾，字幼安，號稼軒，行第一。宋紹興十年庚申歲五月十一日卯時生。十四歲領鄉舉，後爲忠義軍節度使掌書記。紹興三十一年辛巳十二月，奉表詣行在，奏補承務郎，充天平軍節度使掌書記。江陰軍簽判、廣德軍通判。司農寺簿，知滁州。江東帥參，倉部員外郎、倉部郎中。江西提刑。秘閣修撰、東京運使。知江陵府、湖北安撫。知隆興府、江西安撫。大理寺少卿。湖北運使，湖南運使。知潭州，安撫使。右文殿修撰、再知隆興府，江西安撫。福建提刑。大理寺卿。集英殿修撰、知福州，安撫。知紹興府、浙東安撫。寶謨閣待制、知鎮江府。寶文閣待制、尚書兵部侍郎。樞密都承旨。官止通奉大夫，贈光禄大夫。初寓京口，後卜居廣信帶湖，築居將成，丙辰火災，遷居鉛山州期思市。開禧丁卯年九月初十日卒於正寢。初室江陰趙氏，知南安軍修之女，卒於江陰，贈碩人。繼室范氏，蜀公之孫女，封令人，贈碩人。公與范碩人俱葬本里鵝湖鄉洋源，立庵名圓通。公生平出處、事跡見《行狀》、《年貌譜》，有《稼軒文集》行於世。生子九：長名稹，次名秬，三名秠，四名穮，五名穰，六名穟，七名秸，八名褎，九名黷。女二：長名穩，幼名穖。

第二世：九一公，諱稹，字兆祥，避難居興安之姚鋪，得其山曰辛坊，遂就居焉。生子三：奇、章、童。生女一，贅豐城縣進士李邇，後爲白玕李氏祖母。

九二公，諱秬，字廣潤，任撫州崇仁縣尉。避難下至臨川之廣東鄉七節橋九株松下，後見神山之勝概，有取曰辛墩，子侄遂定居焉。宋紹興己卯年生，室熊氏，司馬温公之女孫。生女一，適趙若璜。繼立浮興伍之子名立中，行十一。公再室李氏孺人。公葬何家樓，李氏孺人葬東山窠。生子四：三七、三八、三九、四十。

九三公，諱秠，字望農，官朝請大夫，直秘閣潼州提刑，任正議大夫。淳熙辛丑年四月十四日巳時生，淳祐壬寅年三月廿九日卒，葬北福寺。室熊氏，贈恭人。繼室范碩人女甥韓氏，生子四：鞬、律、棣、肅。生女二：長適朝散大夫趙汝愚，幼早卒。（按：趙汝愚名當有誤。）

九四公，稼軒公四子諱穮，字子尚，仕至迪功郎、潭州衡縣尉。卒葬洋源。室聶氏，生子一：健。

九五公，稼軒公五子諱穰，字康功，仕至承務郎。卒葬隱湖。室祝氏，生子一：肇。

九六公，稼軒公六子諱穟，字君實，仕遺澤至承務郎。壽七十三，葬紫溪暨家。歲因兵火，改葬里之胡墠。室黄氏，復室王氏，三室丁氏，生子一：庸。

九七公，稼軒公七子諱秸，字賓夫，卒葬花園塢。室林氏，生子一：韋。

九八公，稼軒公八子諱袠，字仲舉，乙丑年生。黄樸榜及第，仕至從仕郎、平江府司户。庚戌年卒，乙未年葬信州之毛村。生子一：逮。

九九公，稼軒公九子名䕫，早卒。

第三世，稹公子：奇公，遷南昌石亭，分辜坊超林塘里吴庫。

章公，遷居辜尾嶺。

童公，遷居永湖渡辜墩。

秬公子：三七公，秬公長子，諱康弼，字仲安，行第七，號明善。仕臨川府尹。宋淳熙乙未年生，葬寨里。室鴨塘湯氏孺人，葬茭塘。生四子：德煇、德烜、德燿、德熌。（按：臨川府尹語誤，淳熙前加宋字亦表明此二句文字爲元人所加。）

三八公，諱寧弼，字安生，室蔣氏。生子一：德榮。

三九公，諱細弼，淳熙辛丑生，爲伯友位祖。嘉定間爲撫州路千户鎮府。葬寨里。室鄧氏，生子二：大九，大十。（按：撫州元時升爲路，此與宋時所稱明顯不合，且淳熙八年下距元至元十二年改撫州爲路且一百七十年，知此諸語必誤。）

四十公，諱光弼，宋淳熙癸卯年生，室危氏，元初任翰林編修，右文殿直修撰，謫鄱陽，僑居興安石溪，後復分支，作鐵坑之祖。生子一：景嚴。（按：癸卯爲淳熙十年，下距元滅宋近百年，光弼不可能仕元，知此處誤。）

十一公，秬公繼立浮興之五子名立中，字正則，仕至文林郎，任福州福清丞，乙丑生，己巳卒，葬本里王家山。室弋陽陽吏部孫女，生子一：衢。生女二：長卒於家，幼適彭村祝。（浮興《里溪宗譜》作浮昇，五子，《宗譜》作五俱之子，辛啓泰《年譜》作伍俱之子。）

稏公子：十三公，諱韃，字仲武，仕奉正大夫，鎮江軍節度、江州瑞昌知縣。紹定二年三月，以平居賊鄭思升御史，再知南雄府，仕止忠議大夫。嘉定己巳年四月廿四日生，咸淳甲戌年七月卒，丙子年葬八都東山萬壽庵，有墓志。室三衢中丞魏矼女孫，生子二：衍、沖。（按：此條亦多有錯誤，可參出土墓志改正。）

十五公，諱律，字仲時，卒葬石原。

十七公，諱棣，字仲舉，仕至文林郎、台州寧海尉。嘉定壬午年生，咸淳戊辰年卒，葬隱湖。室胡氏，生子二：衕、衜。

十八公，諱肅，字仲恭，仕止文林郎、廣東帳官。咸淳乙酉年生，戊辰年卒，葬軫源。

（按：乙酉爲寶慶元年，非咸淳。）

穮公子：十公，諱健，字剛中，開禧乙丑年生，嘉熙庚子年卒，葬洋源。室趙氏，生

子一：衍。

穰公子：十九公，諱肇，字仲初，嘉定癸未生，早卒。

穟公子，十二公，諱庸，字仲登，己丑年生，黄樸榜及第，仕至從仕郎、平江司户。歿

葬旌孝鄉。室劉氏，生子一：徽。

秸公子：十四公，諱韋，早卒。

褎公子：十六公，諱逮，嘉定壬午年生，咸淳庚午年卒，葬隱湖。

第四世，奇公子：端公，字正甫，坪塘大使，室冷水危氏。

康公子：百十一公，諱德煇，光宗壬子生，葬茇塘，室徐氏，生子二：紹才、紹安。

百十七公，諱德烜，宋慶元戊午年生，室左氏，生子一：紹忠。

百十八公，諱德燿，宋嘉泰辛酉年生。德性明敏，隱處不仕，凡冠婚喪祭，行執古禮，

鄉鄰重之。室蔡灣陳氏，宋嘉泰辛酉年生。俱葬樹嶺麥園窠。明洪武年創新庵祀之。

生子三：紹孝、紹文、紹能。

康弼公子：　百十九公，諱德燗，嘉泰甲子歲生，室左氏，生子一：　紹賢。
寧弼公子：　百十二公，諱德榮，宋光宗癸丑年生，室黄氏，生子一：　紹穆。
細弼公子：　百十六公，諱大九，人材奇偉，度量不凡，鄉里重之。　室某氏，生子五。
大十公，諱大十，室危氏，生子五。
光弼公子：　百四公，諱衢，字慶亨，室祝氏，生子一：　壽龍。　女三：　長適李狀元，再適下落周，次適彭村，幼適徐。
韃公子：　百一公，諱衍，字慶長，仕至奉政大夫、監簿。　嘉熙丁酉年生，大德甲申年卒。　葬金相寺，立庵曰永思。　室陳氏，繼室趙氏。　生子六：　壽翁、壽闞、壽明、壽康、壽昌出繼百七公爲嗣、壽椿。　生女三，長適橋亭黄，次適余，幼適趙推官。
百五公，諱衝，字慶玉，淳祐甲午年生，咸淳乙丑年卒，葬未詳。
棣公子：　百三公，諱衕，字慶通，淳祐癸卯年生，景炎丁丑年卒，葬金相寺。　室洽陽余氏，生子二：　壽元、壽崇。　女一。
百七公，諱衜，字慶儒，卒葬金相寺前，繼立衍第五，生子一：　昌壽。
肅公子：　百八公，諱光祖，字慶元，仕至登仕郎，忠顯校尉。　葬烏石源。　室華氏，生子三：　壽仁、壽棋、旺孫。

百九公，諱榮祖，字慶韶，葬軫源，室周氏，生子二：壽寶、壽孔。女二：長適趙，幼適余。

健公子：百二公，諱衍，字慶嘉，嘉熙戊戌年生，元貞乙未卒，葬瓢泉山。室洽陽余氏，繼室虞氏，生子一：壽宗。女三：長適余，次適徐，幼適傅。

庸公子：百六公，諱徽，字慶美，仕承德郎、江西招幹。續陳乞祖澤，任通仕郎歸。後除餘姚教諭。室三衢魏中丞女孫，生子一：壽南。女二：長適趙必大，次適東陽傅。（《菱湖辛氏族譜》卷首）

## 餘干里溪辛氏宗譜之自稼軒公派下世系五世相因之圖

稼軒公名棄疾，字幼安，行第一，號稼軒，謚忠敏。生於宋紹興庚申五月十一日卯時，歿於開禧丁卯年九月初十日午時，葬洋源。娶趙氏，續娶范氏，又娶林氏，生歿葬未詳。弱冠十四領鄉舉。靖康後南北不通，公志切公忠，公之倡義，心懷岳侯之復仇，聞金主亮弑，遂舉義旗，鳩義士耿京等，得忠義軍二十餘萬，斬叛將，復疆土，奉表行在。參謀幕府，安撫諸州，屢立偉功。不合當事，謝職杜門，與朱、陸、吕、劉四先生講學鵝湖。當事憚其骨鯁，起復難並，譖以辛字似帝，改辛未茲，遂致殞館，時開禧丁卯年九月初十日，暴薨於瓢泉水院。先娶江陰軍趙南安修之孫女、范碩人，生子九：穮、秬、稏、穮、穰、穟、秸、褎、𪗋。生女二：穏、穖。理宗朝褒封光禄大夫、兵部、少保，謚忠敏，敕葬於鉛之七都圓通庵，驛路旁豎有金字碑，曰稼軒先生辛公神道。紹定庚午招魂葬公於龍湖塘，有石碑敕制。大元朝克取江西地，坊被胡兒毀碎。公生平事跡列前，著有《稼軒文集》行世，卷載史册，自立有家譜於子孫，以遺後世。

## 辛棄疾傳

辛棄疾字幼安，歷城人。紹興末，耿京據濟南，棄疾勸京南歸。會張安國殺京，棄疾縛安國，戮之於靈巖寺。遂南奔，夜行晝伏。孝宗召對，決意恢復，因作《九議》並《美芹十論》上之，以講和方定，議不行。遂著《杜鵑辭》，以勸其人心，極其衷至。尋守潭州。盜連起湖湘，棄疾悉討平之。朱文公嘗曰：「稼軒帥湖南，賑濟榜文只用八字，曰『劫禾者斬，閉糴者配』。雖只粗法，便見他有方略。」進樞密都承旨，臨卒，大呼：「殺賊！殺賊！」數聲而止。謚忠敏。謝疊山謂其慷慨大節，不在岳武穆之下，祀鄉賢。（康熙《濟

南府志》卷三五《經濟傳》）

## 鉛山縣志事跡

稼軒辛公謚忠敏者，其先濟南人，徙居鉛山之期思。靖康之變，朝廷敕諭南遷，公慮族衆不克，每憤國仇，身任報復。紹興末，虜渝盟，乃結義士耿京等，糾合忠義軍二十五萬，以圖恢復。斬寇取城，報功行在。高宗勞師建康，陳大計八條奏聞，上偉其忠。參謀幕府。會逆寇攻剽江右，公毅然請行，衣繡節制軍馬，期以一月蕩平，果如其言。屢任安撫，輒建偉績。晚登禁從，不合當事，退處林泉。所居有瓢泉書院、秋水等閣，以寓其不得志之慨。因有《瓢泉秋水詞稿》遺後。

稼軒公墓，在鉛七都，創有圓通庵，驛路旁今神道碑存。（《菱湖辛氏族譜》卷首）

## 辛稼軒先生贊

浦源

勃然其氣，若縛張、邵而奮英勇也；　肅然其容，若開宋主而陳《九議》也；　毅然其色，若平江寇而深謀決策也；惻然其意，若江西救荒而立法通變也。是皆一節所施，所不得施者，歷四十年而不至大用，爲可恨也。贊曰：

朱綬貂蟬，冰玉其顔。凜凜英氣，見者膽寒。胡不將相，終老於閑？期思之居，山横水環。退而畝畎，有稼斯軒。笑歌詞章，清風莫攀。（乾隆《鉛山縣志》卷一二）

## 秋老屋稿軼事一則

朱照錦

辛稼軒先生因恢復之志未遂，没後精魂不泯，常在華柎山頂悲呼震天，經時不已，乃宋之忠臣也。後世文人祇以詞學稱，豈足以盡辛公哉？放翁亦然。（民國《續歷城縣志》卷五一）

# 附録四　舊本稼軒集序跋文

# 稼軒詞序

范開

器大者聲必閎，志高者意必遠。知夫聲與意之本原，則知歌詞之所自出。是蓋不容有意於作爲，而其發越著見於聲音言意之表者，則亦隨其所蓄之淺深，有不能不爾者存焉耳。

世言稼軒居士辛公之詞似東坡，非有意於學坡也。自其發於所蓄者言之，則不能不坡若也。坡公嘗自言與其弟子由爲文，□多而未嘗敢有作文之意，且以爲得於談笑之間，而非勉强之所爲。公之於詞亦然，苟不得之於嬉笑，則得之於行樂。不得之於行樂，則得之於醉墨淋漓之際。揮毫未竟而客争藏去。或閑中書石，興來寫地，亦或微吟而不録，漫録而焚稿，以故多散逸。是亦未嘗有作之之意，其於坡也，是以似之。

雖然，公一世之豪，以氣節自負，以功業自許，方將斂藏其用，以事清曠，果何意於歌詞哉？直陶寫之具耳。故其詞之爲體，如張樂洞庭之野，無首無尾，不主故常。又如春雲浮空，卷舒起滅，隨所變態，無非可觀。無他，意不在於作詞，而其氣之所充，蓄之所發，詞自不能不爾也。其間固有清而麗、婉而嫵媚，此又坡詞之所無，而公詞之所獨也。

昔宋復古、張乖崖方嚴勁正，而其詞乃復有穠纖婉麗之語，豈鐵石心腸者類皆如是耶？開久從公游，其殘膏剩馥，得所霑焉爲多。因暇日裒集冥搜，才逾百首，皆親得於公者。以近時流布於海内者率多贋本，吾爲此懼，故不敢獨閟，將以祛傳者之惑焉。

淳熙戊申正月元日，門人范開序。（《稼軒詞》甲集）

## 辛稼軒集序

劉克莊

自昔南北分裂之際，中原豪傑率陷没殊域，與草木俱腐。雖以王景略之才，不免有失身苻氏之愧。

建炎省方畫淮而守者，百三十餘年矣。其間北方驍勇，自拔而歸，如李侯顯忠、魏侯勝，士大夫如王公仲衡、辛公幼安，皆著節本朝，爲名卿將。辛公文墨議論，尤英偉磊落。乾道、紹熙奏篇，及所進《美芹十論》、上虞雍公《九議》，筆勢浩蕩，智略輻湊，有《權書》、《衡論》之風。其所策完顔氏之禍，論請絶歲幣，皆驗於數十年之後。符離之役，舉一世以咎任事將相，公獨謂張公雖未捷，亦非大敗，不宜罪去。又欲使顯忠將精鋭三萬，出山東，使王任、開趙、賈瑞輩，領西北忠義爲前鋒，其論與尹少稷、王瞻叔諸人絶異。烏呼，以孝皇之神武，及公盛壯之時，行其説而盡其才，縱未封狼居胥，豈遂置中原於度外哉？機會一差，至於開禧，則向之文武名臣欲盡，而公亦老矣。余讀其書而深悲焉。

世之知公者，誦其詩詞而已。前輩謂有井水處，皆唱柳詞。余謂耆卿直留連光景，歌詠太平爾。公所作大聲鞺鞳，小聲鏗鍧，横絶六合，掃空萬古，自有蒼生以來所無。其穠纖綿密者，亦不在小晏、秦郎之下，余幼皆成誦。

公嗣子故京西憲穟，欲以序見屬，未遣書而卒。其子肅，具言先志。恨余衰憊，不能發斯文之光焰，而姑述其梗概如此。（《後村先生大全集》卷九八）

## 稼軒詞四卷

陳振孫

《稼軒詞》四卷，寶謨閣待制、濟南辛棄疾幼安撰。信州本十二卷，卷視長沙爲多。金亮之殞，朝廷乘勝取四十郡，未幾班師，復棄數郡。京東義士耿京據東平府，遣掌書記辛棄疾赴行在，京後爲裨將張安國所殺，棄疾擒安國以歸，斬之，見《朝野雜記》。（《直齋書録解題》卷二一）

## 論稼軒詞

陳模

蔡光工於詞，靖康間陷於虜中。辛幼安常以詩詞參請之，蔡曰：「子之詩則未也，他日當以詞名家。」故稼軒歸本朝，晚年詞筆尤高。嘗作《賀新郎》云：「緑樹聽鵜鴂。更那堪鷓鴣聲住，杜鵑聲切？啼到春歸無尋處，苦恨芳菲都歇。算未抵人間離别。馬上琵琶關塞黑，更長門翠輦辭金闕。看燕燕，送歸妾。將軍百戰身名裂。向河梁回頭萬里，故人長絶。易水蕭蕭西風冷，滿座衣冠似雪。正壯士悲歌未徹。啼鳥還知如許恨，料不啼清淚長啼血。誰伴我，醉明月？」此盡是集許多怨事，全與李太白《擬恨賦》手段相似。又止酒賦《沁園春》將止酒戒酒杯使勿近云：「杯汝來前，老子今朝，點檢形骸。甚長年抱渴，咽如焦釜；於今喜睡，氣似奔雷。漫説劉伶，古今達者，醉後何妨死便埋？渾如此，歎汝於知己，真少恩哉。更憑歌舞爲媒。算合作平生鴆毒猜。况怨無小大，生於所愛；物無美惡，過則爲災。與汝成言，勿留亟退，吾力猶能肆汝杯。杯再拜，道麾之即去，招則須來。」此又如《答賓戲》、《解嘲》等作，乃是把古文手段寓之於詞。賦築偃湖云：「疊嶂西馳，萬馬回旋，衆山欲東。正驚湍直下，跳珠倒濺；小橋横截，缺月初弓。老合投閑，天教多事，檢校長身十萬松。吾廬小，在龍蛇影外，風雨聲中。争先見面重重。看爽氣朝來三四峰。似謝家子弟，衣冠磊落；相如庭户，車騎雍容。我覺其間，雄深雅健，如對文章太史公。新堤路，問偃湖何日，煙水濛濛？」且説松而及謝家子弟，相如車騎，太史公文章，自非脱落故常者，未易闖其堂奥。劉改之所作《沁園春》，雖頗似其豪，而未免於粗。

近時宗詞者只説周美成、姜堯章等，而以稼軒詞爲豪邁，非詞家本色。紫巖潘牥云：「東坡爲詞詩，稼軒爲詞論。」此説固當。蓋曲者曲也，固當以委曲爲體。然徒狃於風情婉孌，則亦不足以啓人意，回視稼軒所作，豈非萬古一清風也？或云：「美成、堯章，以其曉音律，自能撰詞調，故人尤服之。」（《懷古録》卷中）

# 辛稼軒詞序

劉辰翁

詞至東坡，傾蕩磊落，如詩如文，如天地奇觀，豈與羣兒雌聲學語較工拙？然猶未至用經用史，牽《雅》、《頌》入《鄭》、《衛》也。自辛稼軒前，用一語如此者，必且掩口。及稼軒横豎爛漫，乃如禪宗棒喝，頭頭皆是。又如悲笳萬鼓，平生不平事，並盡巵酒，但覺賓主酣暢，誤不暇顧，詞至此，亦足矣。然陳同父效之，則與左太沖入羣媼相似，亦無面而返。嗟乎，以稼軒爲坡公少子，豈不痛快靈傑可愛哉？而愁髩齲齒，作折腰步者，闇然笑之。《敕勒之歌》拙矣，「風吹草低」之句，與「大風起」語，高下相應，知音者少。顧稼軒胸中今古，止用資爲詞，非不能詩，不事此耳。

斯人北來，喑嗚鷙悍，欲何爲者？而讒擯銷沮，白髮横生，亦如劉越石陷絶失望，花時中酒，託之陶寫，淋漓慷慨，此意何可復道？而或者以流連光景、志業不終恨之，豈可向癡人説夢哉？爲我楚舞，吾爲若楚歌。英雄感愴，有在常情之外。其難言者，未必區區婦人孺子間也。世儒不知哀樂，善刺人，及其自爲，乃與陳後山等。嗟哉偉然，二大夫無異。吾懷此久矣，因宜春張清則取《稼軒詞》刻之，復用吾請。清則少遊杭浙，有奇志逸氣，必能仿佛爲此詞者。（《須溪集》卷六）

## 稼軒長短句序

李濂

稼軒辛忠敏公幼安，歷城人也。少與党懷英同師蔡伯堅。筮仕，决以蓍，懷英得坎，因留事金，稼軒得離，遂浩然南歸。紹興末，屢立戰功，嘗作《九議》暨《美芹十論》上之，皆切中時務。累官兵部侍郎、樞密都承旨。晚年解印綬，僑寓鉛山之期思，帶湖瓢泉，渚煙溪月，稼軒吟嘯其間，亦樂矣哉。

今鉛山縣南二十里許，有稼軒書院，而分水嶺下，厥墓在焉。

余家藏《稼軒長短句》十二卷，蓋信州舊本也，視長沙本爲多。序曰：

稼軒有逸才，長於填詞。平生與朱晦庵、陳同父、洪景盧、劉改之輩相友善。晦庵《答稼軒啓》有曰：「經綸事業，股肱王室之心；遊戲文章，膾炙士林之口。」劉改之氣雄一世，其寄稼軒詞有曰：「古豈無人，可以似吾稼軒者誰？」後百餘年，邯鄲張埜過其墓，而以詞酹之曰：「嶺頭一片青山，可能埋得淩雲氣？」又曰：「謾人間留得，陽春白雪，千載下，無人繼。」觀同時之所推獎，異代之所追慕，則稼軒人品之豪，詞調之美，概可見已。晦庵之殁，時黨禁方嚴，稼軒獨爲文往哭之。卒之日，家無餘財，僅遺平生著述數帙而已。烏呼，賢哉！

長短句凡五百六十八闋，余歸田多暇，稍加評點，間於登臺步壟之餘，負耒荷鋤之夕，輒歌數闋，神爽暢越，蓋超然不覺塵累之解脱也。惜乎世鮮刻本。開封貳郡歷城王侯詔，讀而愛之，曰：「余忝爲稼軒鄉後進，請壽諸梓，願惠一言以爲觀者先。」余聊摭稼軒之取重於當時後世者如此。其中妙思警句，則評附本篇云。

嘉靖丙申春二月，嵩渚山人李濂川父書於碧雲精舍。（《嵩渚文集》卷五六，題名據批點本補。）

## 内閣藏書目著録

《稼軒集》，四册，全。宋辛棄疾。長短句，又一册不全。（《内閣藏書目》卷三）

## 跋宋六十名家詞本稼軒詞

毛晉

蔡元工於詞，靖康中陷虜庭。稼軒以詩詞謁見，蔡曰：「子之詩則未也，他日當以詞名家。」故稼軒晚年，來卜築奇獅，專工長短句，累五百首有奇。但詞家争鬥穠纖，而稼軒率多撫時感事之作，磊落英多，絶不作妮子態。宋人以東坡爲詞詩，稼軒爲詞論，善評也。

古虞毛晉記。（《宋六十名家詞》）

# 澹生堂藏書目

祁承㸁

《辛稼軒詩》十二卷，二册，宋辛棄疾。（《澹生堂藏書目·集部》上）

# 稼軒詞提要

《稼軒詞》四卷（江蘇巡撫採進本），宋辛棄疾撰。棄疾有《南燼紀聞》，已著録。其詞慷慨縱横，有不可一世之概，於倚聲家爲變調。而異軍特起，能於翦紅刻翠之外，屹然别立一宗，迄今不廢。觀其才氣俊邁，雖似乎奮筆而成，然岳珂《桯史》記棄疾自誦《賀新涼》、《永遇樂》二詞，使座客指摘其失，珂謂《賀新涼》詞首尾二腔語句相似，《永遇樂》詞用事太多，棄疾乃自改其語，日數十易，累月猶未竟，其刻意如此云云，則未始不由苦思得矣。

《書録解題》載《稼軒詞》四卷，又云：「信州本十二卷，視長沙本爲多。」此本爲毛晉所刻，亦爲四卷，而其總目又注原本十二卷，殆即就信州本而合併之歟？其集舊多訛異，如二卷內《醜奴兒近》一闋，前半是本調，殘闕不全，自「飛流萬壑」以下，則全首係《洞仙歌》，蓋因《洞仙歌》五闋即在此調之後，舊本遂誤割第一首以補前詞之闕，而五闋之《洞仙歌》，遂止存其四。近萬樹《詞律》中辨之甚明，此本尚未及訂正，其中「歎輕衫帽，幾許紅塵」句，據其文義，「帽」字上尚有一「脱」字，樹亦未經勘及，斯足證掃葉之喻矣。今並詳爲勘定，其必不可通，而無別本可證者，則姑從闕疑之義焉。（《四庫全書總目》卷一九八）

# 美芹十論提要

《美芹十論》一卷（浙江鮑士恭家藏本），舊本題宋辛棄疾撰。棄疾字幼安，歷城人，官至龍圖閣待制，進樞密都承旨卒，謚忠敏。是書皆論恢復之計。其《審勢》、《察情》、《觀釁》三論，所以明敵之可勝。其《自治》、《守淮》、《屯田》、《致勇》、《防微》、《久任》、《詳戰》七論，所以求己之能勝。卷末又載《上光宗疏》一篇、《論荆襄上流爲東南重地疏》一篇、《論江淮疏》一篇、《議練民兵守淮疏》一篇，則後人所附入也。然史不言棄疾有此書。考《江西通志》載臨川黄兑字悦道，紹興進士，官至朝議大夫，嘗獻《美芹十策》、《進取四

論》，此或兑書，後人僞題棄疾歟？（《四庫全書總目》卷一〇〇）

## 稼軒集抄存序

法式善

萬載辛子敬甫，奇士也。嘗攜一硯來游京師，禮邸汲修主人雅愛重之，薦以館，不就。與予議論古今上下，輒以宋辛忠敏公著作散佚爲念。予嘗於《播芳大全文粹》、《鐵網珊瑚》、各郡縣志、宋人詩話諸書録出稼軒詩文十餘首，敬甫併詞刻之，冠以所編《年譜》，殿尾則反復千餘言，辨述作之真僞是非，既詳且盡，而益求所謂《稼軒集》者不已。會朝廷開唐文館，予效編纂之役，約同事見公詩文胥簽識，補從前陋略。金匱孫平叔編修適亦以是諉余，蓋其識敬甫有日矣。

忠敏之在當時也，陳同父謂與朱子、子師同係四海之望，至謝疊山則直以聖賢之學歸之。公豪邁英爽過東坡，乃於朱子、南軒諸賢尊崇悦服，違禁忌不顧，此非篤於道得於心者不能也，豈特節義文章爲不朽哉！

兹從《永樂大典》各韻中採得詩文及詞若干首，皆世所未有。敬甫匯前編，統名曰《稼軒集抄存》，刻以行世，足以慰天下學者慕望之心，而其心則尚未有已也。

敬甫先世出東平，於公爲别派。合併書之。嘉慶十五年七月朔日，日講起居注官、唐文館總纂官、左春坊左庶子梧門法式善拜手序。

## 刻稼軒集抄存志

辛啓泰

忠敏公《稼軒集》，史莫詳卷數。刻本既亡，各體文字流傳殊少。新城王氏僅於《後村詩話》見其詩一首，《四庫全書》有《美芹十論》、詞四卷，外間亦不多得。啓泰曾從法時帆先生借汲古閣詞本於楊蓉裳員外，重刻之，附以詩十首，文二首，將藉以求全集也。既欲購唐荆川《史纂右編》，鈔録《十論》，適時帆先生有撰集唐文之役，孫平叔太史亦雅以公文字爲汲汲，相與集散篇於《永樂大典》中，得奏議及駢體文共二十八篇，古今體詩一百十首，較前已十倍過之，而史所謂《思陵詔跋》、《朱子祭文》皆不及見。且此所得長短句凡五十首，多出四卷外，則全集遺佚不少也。

庚午，啓泰教習期滿，冒暑往來二先生家，次第抄録其稿。適南旋，鋟板於豫章，因合前刻編次之，統名曰《稼軒集抄存》，又雜採各集中有關於公者，附録以備覽。

竊維公全集，靈爽憑之，世必有寶而藏之者。顧文章之出，待時抑待人，好古闡幽如二先生，誠足感也已。

嘉慶十六年春仲，萬載後學辛啓泰謹志。

## 書抄本南燼紀聞後

辛啓泰

會稽周丈著畦與余同客山左都轉署中，一日出示此書，所載皆宋靖康以後事，卷尾有《阿計替傳》，與《歷城志》所謂《北狩日記》無異。按史：靖康二年實金太宗天會五年，《紀》乃以爲天輔十一年。天輔爲太祖號，止七年，無十七年。又天眷爲熙宗號，止三年，無十六年。貞元爲海陵號，亦止三年，無六年。既俱失之過多，皇統、天德復遺不及載。顛倒錯亂，固已如此。至於事之荒謬害理，更不足辨。斷爲後人僞託稼軒之書。惟《美芹十論》與《九議》並《應問三篇》已載本傳，又進論札子中家世里居至爲詳核可信，而或乃疑之。真僞混淆，此《稼軒集》所以亡也。

嘉慶十年閏月辛啓泰書。（《稼軒集抄存》卷四《雜録》）

# 書元大德己亥廣信書院刻本稼軒長短句卷首

黄丕烈

余素不解詞，而所藏宋元諸名家詞獨富。如汲古閣《珍藏秘本書目》所載原稿皆在焉。然皆精抄舊抄，而無有宋元槧本。頃從郡故家得此元刻《稼軒詞》，而歎其珍秘無匹也。

《稼軒詞》卷帙多寡不同。以此十二卷者爲最善，毛氏亦從此抄出，惜其行款體例有不同耳。澗蘋據毛抄以增補闕葉，非憑空撰出者可比，而《洞仙歌》中缺一字，抄本亦無，因以墨釘識之。其十一卷中四之五一葉，亦即是卷七之八一葉之例，非文有脱落而故强就之也。是書得此補足，幾還舊觀。至於是書精刻，純乎元人松雪翁書，而俗子不知，妄作描寫，可謂浮雲之污。甚至强作解事，校改原文。如卷十中《爲人慶八十席上戲作》有云：「人間八十最風流，長貼在兒兒額上。」校者云：「下兒字當作孫。」澗蘋以爲「兒兒」或是奴家之稱，二語之意，當以八字作眉字解。知此，則改「兒」爲「孫」，豈不大可笑乎？本擬滅此幾字，恐損古書，故凡遇俗手描寫處，皆不滅其痕，後之明眼人當自領之。

嘉慶己未，黄丕烈識。（元刻本《稼軒長短句》卷首）

## 跋元大德刻本稼軒長短句

顧千里

《文獻通考》：「《稼軒詞》四卷。陳氏曰：『信州本十二卷，視長沙爲多。』」此元大德間所刊，以卷數考之，蓋出於信州本。《宋史·藝文志》云：「《辛棄疾長短句》十二卷。」亦即此也。

嘉慶己未，蕘圃買得於骨董肆，内缺三葉，出舊藏汲古閣抄本，命予補足。因檢卷中所有之字集而爲之，所無者僅十許字耳。既成，遂識數語於後。七月廿二日，澗蘋書。（元刻本《稼軒長短句》卷末）

## 校刻稼軒詞記

王鵬運

光緒丁亥九月，從楊鳳珂同年假元大德州書院十二卷本，校毛刻一過。按毛本實出元刻，特體例既别，又併十二爲四，爲不同耳。元本所缺三葉，毛皆漏刻，又無端奪去《新荷葉》、《朝中措》各一闋。尤可笑者，元本第六卷缺處，《醜奴兒近》後半適與《洞仙歌》

「飛流萬壑」一首相接，毛遂牽連書之，幾似《醜奴兒近》有三疊，令人無從句讀。又《鵲橋仙》壽詞「長貼在兒兒額上」句，校者妄書「下兒字當作孫」，爲顧澗薲、黄蕘圃所嗤，毛刻於此正改作「兒孫」，是以確知其出於此也。中間訛奪，觸處皆是。然亦有元本訛奪而毛刻是正之處。顧跋謂元本奪葉用汲古閣抄本校補，何以此本缺處又適與元刻相符，殊不可解。

往年刻雙白《漱玉詞》成，既擬續刊蘇辛二集，以無善本而止。今此本既已校正，聞鳳阿家尚有宋槧《眉山樂府》，倘再假我以畢此志，其爲益爲何如耶？

又，《稼軒詞》向以信州十二卷者爲足本，莫子偲《經眼録》有《跋萬載辛氏編刻稼軒全集》云：「詞五卷，校汲古閣本增多三十六闋。」按毛本雖云四卷，實併十二爲四，並非不足，其間缺漏，亦只較元本共少十闋，不知辛氏所補云何，附志以俟知者。

先冬三日，半塘老人記。（四印齋刻《稼軒長短句》）

## 校刊稼軒詞成率成三絶於後

王鵬運

曉風殘月可人憐，婀娜新詞競管絃。何似三郎催羯鼓，夙梧餘穢一時捐。

層樓風雨黯傷春，煙柳斜陽獨愴神。多少江湖憂樂意，漫呼青兕作詞人。

信州足本銷沉久，汲古叢編亥豕多。今日雕鐫撥雲霧，廬山真面問如何？（同上）

## 校刊稼軒詞成再記

王鵬運

是刻既成，適同里況夔笙孝廉來自蜀中，攜有萬載辛啓泰編刻《稼軒全集》，其長短句四卷，悉仍毛刻，詩文四卷，詞補遺一卷，則云自《永樂大典》抄出。補詞共三十六闋，内惟《洞仙歌·壽葉丞相》一闋已見元刻。近又見明人李濂評《稼軒詞》，爲萬歷間刻本，始知毛刻誤處皆沿襲於此，安得蕘圃所云毛抄舊本一爲讎勘也？半塘又記。（同上）

## 跋四卷本稼軒詞

梁啓超

《文獻通考》著録《稼軒詞》四卷（《宋史·藝文志》同），而引《直齋書録解題》注其下云：「信州本十二卷，視長沙爲多。」或誤以爲此四卷者即長沙本，實則直齋所著録乃長沙本，只一卷耳。十二卷之信州本，宋刻無傳，黄蕘夫舊藏之元大德間廣信書院本，今歸聊城楊氏，而王半塘四印齋據以翻雕者，即彼本也。可見《稼軒詞》在宋有三刻，一爲長沙一卷本，二爲信州十二卷本，三即四卷本。明清以來傳世者惟信州本，毛刻《六十一家詞》亦四卷，實乃割裂信州本以求合《通考》之卷數，毛氏常態如此，不足深怪，而使讀者或疑毛王二刻不同源，而毛刻即《通考》與宋志之舊，則大不可也。

近武進陶氏景印宋元本詞集，中有《稼軒詞》甲乙丙三集，其編次與毛王本全别，文字亦多異同，余讀之頗感興趣，顧頗怪其何以卷數畸零，與前籍所著録者悉無合也。嗣從直隸圖書館假得明吴文恪訥所輯《唐宋名賢百家詞》，其《稼軒集》正採此本，而丁集赫然在焉，乃拍案叫絶，知馬貴與所見四卷本固未絶於人間也。甲集卷首有淳熙戊申正月元日門人范開序，稱「開久從公游，暇日裒集冥搜，才逾百首，皆親得於公者。以近時流布於海内者率多贋本，吾爲此懼，故不敢獨閟，將以祛傳者之惑焉」。范開貫歷無考，然信州本有贈送酬和范先之之詞多首，而此本凡先之皆作廓之，蓋一人而有兩字，開與先與廓義皆相屬，疑即是人，誠從公游最久矣。戊申爲淳熙十五年，稼軒四十九歲，知甲集所載皆四十八歲以前作。稼軒年壽雖難確考，但六十八歲尚存，則集中有明證，乙丙丁三集所收，則戊申後十餘年間作也。其是否並出范開裒録，抑他人續輯，下文當更論之。

此本最大特色，在含有編年意味。蓋信州本以同調名之詞彙録一處，長調在先，短調在後，少作晚作，無從甄辨。此本閲數年編輯一次，雖每首作年難一一確指，然某集所收爲某時期作品，可略推見。

考稼軒以二十九歲通判建康府，三十一歲知滁州，三十五歲提點江西刑獄，三十七歲知江陵府，三十八歲移帥隆興（江西），僅三月被召内用，旋出爲湖北轉運副使，四十歲移湖南，尋知潭州兼湖南安撫，四十二三歲之間轉知隆興府兼江西安撫，五十間以言者落職，久之主管沖佑觀，五十二歲起福建提點刑獄，旋知福州兼福建安撫，五十四歲被召還行在，五十六歲落職家居，五十九歲復職奉祠，六十一二歲間起知紹興府兼浙東安撫，六十五歲知鎮江府，明年乞祠歸，六十七歲差知紹興府又轉江陵府，皆辭免，未幾遂卒。其生平仕歷大略如此。以上所考，據本傳，參以本集題注等，雖未敢謂十分正確，大致當不謬。

此本甲集編成在戊申元日，明見范序，其所收諸詞，皆四十八歲前官建康滁州湖北湖南江西時所作，既極分明。乙集於宦閩時之詞一首未見收録，可推定其編輯年當在紹熙二年辛亥以前，所收詞以戊申、己酉、庚戌等年爲大宗，亦間補收丁未以前之作。丙集自宦閩詞起收，其最末一首爲辛酉生日，蓋壬子至辛酉十年間，五十三歲至六十二歲之作，中間强半爲落職家居時也。丁集所收詞，時代頗爲廣漠難辨，似是雜補前三集之所遺。惟有一點極當注意者，稼軒晚年帥越、帥鎮江時諸名作，如《登會稽蓬萊閣》、《京口北固亭懷古》諸篇，皆未收録。（《北固亭懷古》詞云：「四十三年，望中猶記，烽火揚州路。」稼軒於紹興三十二年以忠義軍掌書記奉表歸朝，以嘉泰四年知鎮江府，相距恰四十三年。作此詞時年六十六，幾最晚作矣。）此決非棄而不取，實緣編集時尚未有此諸詞耳。然則丁集之編，當與丙集略同時，其年雖不能確指，要之四集皆在稼軒生存時已編成，則可斷言也。若欲爲《稼軒詞》編年，憑藉兹本，按歷年遊宦諸地之次第，旁考其來往人物，蓋可什得五六。就中江西一地，稼軒家在廣信，而數度宦隆興（南昌），故在江西所作詞及贈答江西人之詞，集中最多，其時代亦最難梳理，略依此本甲乙丙三集所先後收録，劃分爲數期，而推考其爲某期所作，雖未能盡正確，抑亦不遠也。

惟四集中丙丁集所甄採，似不如甲乙集之精嚴，其字句間與信州本有異同者，甲乙集多佳勝，丙丁集時或劣誤，似非同出一手編輯。若吾所忖度范廓之即范開之説果不謬，則似甲乙集皆范輯，丙丁集則非范輯。蓋辛范分攜，在紹熙元二年間，廓之赴行在，稼軒起爲閩憲，故丙集中即無復與廓之往還之作。廓之既不侍左右，自無從檢集篋稿，他人因其舊名而續之，未可知也。

信州本共得詞五百七十二首，此本四集合計，除其複重，共得四百二十七首，但其中却有二十首爲信州本所無者。（内四首辛敬甫補遺本有之。）丙集有《六州歌頭》一首，丁集有《西江月》一首，皆諛頌韓平原作。《西江月》之非辛詞，《吴禮部詩話》引謝疊山文已明辨之。《六州歌頭》當亦是嫁名。本傳稱：「朱熹殁，僞學禁方嚴，門生故舊至無送葬者，棄疾爲文往哭之。」時稼軒之年已六十一矣，其於韓不憚批其逆鱗如此，以生平澹榮利尚氣節之人，當垂暮之年而謂肯作此無聊之媚竈耶？范序謂懼流布者多贋本，此適足證丙丁集之未經范手釐訂爾。

戊辰中元，新會梁啓超。（《稼軒詞編年箋注》）

## 跋稼軒集外詞

梁啓超

此所謂集外者，謂信州十二卷本《稼軒長短句》所未收也。其目如下：

《生查子·和夏中玉》（一月霜天明）

《滿江紅》（老子當年）

《菩薩蠻》(稼軒日向兒曹説)
《菩薩蠻・和夏中玉》(與君欲赴西樓約)
《一翦梅》(塵灑衣裾客路長)
《一翦梅》(歌罷尊空月墜西)
《念奴嬌・謝王廣文雙姬詞》(西真姊妹)
《念奴嬌・三友同飲借赤壁韻》(論心論相)
《念奴嬌・贈夏成玉》(妙齡秀發)
《江城子・戲同官》(留仙初試砑羅裙)
《惜奴嬌・戲同官》(風骨蕭然)
《南鄉子・贈妓》(好箇主人家)此首亦見《稼軒詞》乙集。
《糖多令》(淑景鬥清明)此首亦見乙集。
《踏歌》(攧厥看精神)此首亦見甲集。
《眼兒媚・妓》(煙花叢裏不宜他)
《如夢令・贈歌者》(韻勝仙風漂渺)
《鷓鴣天・和陳提幹》(翦燭西窗夜未闌)

《踏莎行·春日有感》(萱草齊階)
《□□□·出塞春寒有感》(鶯未老)
《謁金門·和陳提幹》(山共水)
《鵲橋仙·送粉卿行》(轎兒排了)
《好事近·春日郊遊》(春動酒旗風)
《好事近》(花月賞心天)
《好事近》(春意滿西湖)
《水調歌頭·和馬叔度遊月波樓》(客子久不到)
《水調歌頭·鞏采若壽》(泰嶽倚空碧)
《賀新郎·和吴明可給事安撫》(世路風波惡)
《漁家傲·湖州幕官作舫室》(風月小齋模畫舫)
《霜天曉角·赤壁》(雪堂遷客)
《蘇武慢·雪》(帳暖金絲)
《緑頭鴨·七夕》(歎飄零離多會少)
《烏夜啼·戲贈籍中人》(江頭三月清明)

《品令》（迢迢征路）

右三十三首，見辛敬甫啓泰輯《稼軒集》（朱氏《彊村叢書·稼軒詞補遺》本），皆採自《永樂大典》者。原輯共三十六首，内《洞仙歌·壽葉丞相》一首已見信州本，《鷓鴣天》二首（天上人間酒最尊、有箇仙人捧玉巵）則誤採朱希真《樵歌》，今皆删去。

《南歌子》（萬萬千千恨）

右一首見《稼軒詞》甲集（陶氏涉園景宋本，乙丙集同）。甲集本有三首爲信州本所無，内《菩薩蠻》一首（稼軒日向兒童説）、《踏歌》一首（攧厥看精神）皆已見辛輯，不復録。

《浣溪沙·贈子文侍人名笑笑》（儂是嶔崎可笑人）

《鵲橋仙·贈人》（風流標格）

《行香子》（歸去來兮）

《一翦梅》（記得同燒此夜香）

《虞美人》（夜深困倚屏風後）

右五首見《稼軒詞》乙集。乙集原有八首爲信州本所無，内《糖多令》一首（淑景鬥清明）、《南鄉子》一首（好箇主人家）、《鵲橋仙》一首（轎兒排了），皆已見辛輯，不復録。

《六州歌頭》（西湖萬頃）

《西江月·題阿卿影像》（人道偏宜歌舞）
《清平樂》（春宵睡重）
《菩薩蠻·贈周國輔侍人》（畫樓影蘸清溪水）
右四首見《稼軒詞》丙集。
《祝英臺近》（緑楊堤芳草渡）
《鷓鴣天》（一片歸心擬亂雲）
《鷓鴣天》（欲上高樓去避愁）
《西江月》（堂上謀臣帷幄）
右四首見《稼軒詞》丁集（吴文恪《唐宋名賢百家詞》抄本）
《金菊對芙蓉·重陽》（遠水生光）
右一首見《草堂詩餘》。

凡四十八首，散在各本，最可收繕寫。《稼軒詞》自陳直齋即已推信州本爲最備，信州本有詞五百七十二首，益以此所録，都爲六百二十首，辛詞傳世者盡是矣。惟此四十八首在辛詞中價值何若，則有更待評量者。按《稼軒甲集》范開序稱「近時流布於海内者率多贋本」，甲集編成於淳熙戊申，時稼軒方在中年，而范開已有慨於贋本之混真，此後尚二十年，稼軒齒益尊，名益盛，則嫁名之作益多，蓋意中事耳。丁集所收《西江月》（堂上謀臣帷幄）一首，謝疊山已明辨其爲京師士人所作，不容以冤忠魂（見《吴禮部詩話》）。考韓侂胄下詔伐金，在開禧二年，此《西江月》決當作於彼時（據詞中「天時地利與人和，燕可伐與曰可」及「此日樓臺鼎鼐，明年帶礪山河」等語），依畢氏《續通鑑》，則稼翁已於開禧元年乙丑前卒，雖繫年未確，然翁於乙丑解鎮江（京口）帥任，奉祠西歸，兩見本集題注，翁涖京口似未及一年，所以遽解職之原因雖不可確考，以理勢度之當是不贊開邊之議，故或自引退，或爲執政所排，歸後方飾巾待盡（翁蓋卒於開禧三年），安肯更學勢利市兒獻頌朝貴，此不待疊山之辨已可一言而決也。《六州歌頭》亦侂胄封王時媚竈之作，事同一律，集中於其年有戊午拜復職奉祠之命《鷓鴣天》一詞，文云：「老退何曾説着官，今朝放罪上恩寬。便支香火真祠俸，更綴文書舊殿班。扶病脚，洗衰顔，快從老病借衣冠。此身忘世渾容易，使世相忘却自難。」此種懷抱，此種意興，豈是作「看賢王高會，飛蓋入雲煙」等語之人耶？惟彼兩詞皆學稼軒而頗能貌襲者，意當時傳誦甚盛，編集者無識，率爾掺收，正乃范開所謂「吾爲此懼」耳。《永樂大典》所載佚詞，内失調名一首，題爲「出塞」字樣，稼軒生平無從出塞。又《漁家傲》一首，題有「湖州幕官」字樣，稼軒宦跡未到湖州，似皆屬贋鼎。自餘數十首，或妓席遊戲題贈，或朋輩酬應成篇，即使真出稼軒，在集中亦不爲上乘(諸佚詞中要以丁集之《祝英臺近》(緑楊堤青草渡)一首爲巨擘)。大抵辛詞傳本以范氏所編甲集爲最謹嚴可信,惜僅及中年之作,不能盡全豹,乙集倘亦出范手,但編成亦僅後四年耳(甲乙集所收出信州本外者共十一首,皆當認爲真辛詞)。信州本蓋輯於稼軒身後,故自少作以迄絶筆皆蒐採不遺。信州爲稼軒釣遊地,門人後學甚多,其慎擇或不讓范開,在宋代辛詞諸刻中當最爲完善。此諸佚詞或爲輯者所曾見而淘棄者,今重事掇拾,毋亦過而存之云爾。

戊辰秋,啓超記。(同上)

## 稼軒詞丁集校輯記

趙萬里

辛稼軒詞,自宋迄元,版本可考者得三本焉:一曰長沙坊刻一卷本,今已無傳,見《直齋書録解題》。二曰信州刻十二卷本,《直齋書録解題》、《宋史·藝文志》並著於録,傳世有元大德己亥廣信書院刊本。此本流傳最廣,明嘉靖間大梁李濂重刻之,毛氏汲古閣再刻之。毛本雖併爲四卷,然其章次與信州本合,其沿誤與李本同,蓋即自李本出,非真見原本也。《劉須溪集》卷六載《辛稼軒詞序》,稱宜春張清則取稼軒詞刻之,是宋末又有宜春張氏刻本。宜春於宋世屬袁州，或與信州本相近。三曰四卷本，馬端臨《通考》著於録。天津圖書館藏吴文恪訥《四朝名賢詞》本，以甲乙丙丁分卷，較信州本互有出入，蓋即《通考》所云之四卷本。武進陶氏嘗據影宋殘本刊入叢書中，而缺其丁集，今吴本丁集獨完，辛詞四卷本殆以此爲碩果矣。

余嘗據《花庵詞選》、《陽春白雪》、《全芳備祖》、《草堂詩餘》諸書所引以校四卷本及信州本，凡異於信州本者大都與四卷本合，且所載亦罕出四卷本外者，足徵四卷本乃當時通行本，而信州本爲晚出，無可疑也。

然辛詞除此三本外恐尚有他本。法式善自《永樂大典》録出佚詞，除《洞仙歌·爲葉丞相壽》一首已載信州本第六卷、四卷本甲集，《鷓鴣天》二首爲朱希真詞外，餘則見於四卷本者僅《菩薩蠻》（稼軒日向兒童説）、《南鄉子·贈妓》、《糖多令》（淑景鬥清明）、《踏歌》、《鵲橋仙·送粉卿行》等五首。其他《生查子》等二十八首，諸本俱未載。設《大典》所引非誣，則辛詞必尚有他刻。《劉後村大全集》九十八載《辛稼軒集序》中盛稱其詞：「横絶六合，掃空萬古，穠纖綿密者，亦不在小晏、秦郎下。」是宋世《稼軒文集》必附載其詞，而《大典》所引殆據集本矣。惜法氏録自《大典》者僅佚詞數十首，至其他不佚諸闋，亦未據他本校之，其有無異同更不可知矣。兹迻録四卷本丁集全卷如後，明抄本多誤字，其顯見者悉爲改正。並據信州本校之，以補陶本之遺。新會梁先生啓超嘗據以草《稼軒年譜》，且認爲有編年意味，有跋語考之甚詳。顧於自來辛詞版刻，迄未真切言之，故聊發其概焉。

萬里記。（《校輯宋金元人詞》）

## 跋毛抄本稼軒詞

夏敬觀

右毛鈔《稼軒詞》甲乙丙丁集四卷，明吴文恪公訥曾輯入《四朝名賢詞》，當與此同出一源。《稼軒詞》在清代二百餘年間，倚聲家幾於人手一編，大率毛氏汲古閣刊本最爲通行。萬載辛啓泰編刊全集，其長短句四卷悉仍毛刊，補遺一卷，云自《永樂大典》抄出。黄蕘圃獲元大德廣信書院刊本十二卷，其次第與毛刊無異，毛特變其體例，化十二卷爲四卷耳。顧澗蘋爲蕘圃據毛抄增補缺葉，所謂毛抄，殆即刊汲古閣詞之底本歟？此甲乙丙丁四卷本，蕘圃蓋未之見也。元大德刊本，至光緒間，臨桂王氏四印齋、海豐吴氏石蓮庵始傳刊之。獨此四卷本最晚出，武進陶氏刊其前三卷，海寧趙萬里補印丁卷，顧皆未見毛抄原本也。

以毛刊、辛刊、王刊三本與此本對校，吴刊與王刊同。如《念奴嬌·賦雨巖》之「唤做真閑客」句，「客」字是叶，而三本均作「箇」，則失一韻。《烏夜啼》之「酒頻中」句，是用三國徐邈事，三本「頻」皆作「杯」。《玉樓春》之「日高猶苦聖賢中」句，亦是用徐邈事，王本知其誤而校正之矣，毛辛二刊本則「中」作「心」。《定風波》之「昨夜山公倒載歸」句，是用晉山簡事，三本「公」皆作「翁」，則不典矣。《稼軒詞》往往以鄉音叶韻，全集中不勝枚舉。《江神子·博山道中書王氏壁》詞，前結「不争多」句，以「多」字入佳麻韻叶，此其例甚夥。如《玉蝴蝶·杜叔高書來戒酒》一首，用「多」、「何」、「呵」，《江神子》（簟鋪湘竹帳垂紗）一首，用「多」、「摩」、「何」、「麽」，《鷓鴣天》（自古高人最可嗟）一首，用「多」、「駞」，《上西平》（九衢中）一首，用「蓑」字，皆叶入佳麻韻。《江神子》（兩輪屋角走如梭）一首，用「沙」、「加」，《鷓鴣天》（困不成眠奈夜何）一首，用「家」字，皆叶入歌戈韻。而三本「不争多」之「多」字，皆作「些」，以下半闋「晚寒些」之「些」字與上重複，則作「晚寒咱」，試問「晚寒咱」成何語句？又如《浣溪沙》之「臺倚崩崖玉滅瘢」句，是用《漢書·王莽傳》美玉可以滅瘢，此詞用元寒韻之「瘢」、「言」、「軒」，與真諄韻「顰」、「村」同叶，殆亦其鄉音如此。如《沁園春》（老子平生）一首，用「冤」、「園」入真諄韻亦其例。而三本「瘢」皆作「痕」，匪特不典，且忘「言」、「軒」亦在元寒韻。此類妄爲竄改之跡實不可掩。他若《沁園春》（杯汝知乎）一首，詞尾小注用邴原事四字，而毛辛二刊本則以此注冠於「甲子相高」一首之題上，云「用邴原事壽趙茂嘉郎中」，王氏知其非是而校正之矣。《稼軒詞》用典甚富，前一首末用邴原事固無須自注，此必後人所加，刊者誤冠次首題上，其跡猶可推想。又《感皇恩》題《讀莊子有所思》，三本皆作《讀莊子聞朱晦庵即世》，詳此詞未有追挽朱子之意，且朱子不言《老》《莊》，稼軒奈何於讀《莊子》時追念朱子耶？此六字不知從何而來，亦必後人妄增。此本兩題均無其語。略舉數端，已足證此抄之優於元大德刊本，微論毛辛兩刊矣。此外可借以校正三本之訛者尚不可勝數，備載校記，不復贅焉。

己卯臘盡，新建夏敬觀跋。（《稼軒詞編年箋注》）

## 又

張元濟

光緒季年，余爲涵芬樓收得太倉謏聞齋顧氏藏書，中有汲古閣毛氏精寫《稼軒詞》甲乙丙三集，詫爲罕見。取與所刊《宋六十一家詞》相校，則絶然不同。刊本以詞調長短爲次，此則以撰作先後爲次也。久思覆印，以缺丁集，不果行。未幾，雙照樓景印《宋金元明人詞》刊是三集，顧不言其所自來，而行款悉合，意必同出一源，然何以亦缺丁集，殆分散而始傳録者歟？ 吾友趙斐雲據抄明吴文恪輯本補印丁集，同一舊抄，滋多誤字，拾遺補闕，美猶有憾。 去歲斐雲南來，語余：「近得某估得精寫丁集，爲虞山舊山樓趙氏故物，正可配涵芬樓本，且或爲一書兩析者。」余蹤跡得之，介吾友潘博山、顧起潛索觀，果如斐雲言，毛氏印記與前三集悉同，且原裝亦未改易，遂斥重金得之。 龍劍必合，不可謂非書林佳話矣。 婭婿夏劍丞精於倚聲，亟亟假閲，謂與行世諸本有霄壤之别，定爲源出宋槧。

余初不能無疑，回環覆誦，乃知毛氏寫校，即一點一畫之微，亦不肯輕率從事。 丹鉛雜出，其爲字不成暨空格未填補者，凡數十見，蓋爲當時校而未竟之書。 然即此未竟之工，尤足證其有獨具之勝。 如乙集《最高樓》第三首《答晉臣》：「甚唤得雪來白倒雪，□唤得月來香殺月。」諸本空格均作「便」，而是本塗去者却是「便」字。《水龍吟》（第二見）第一首《過南劍雙溪樓》：「峽□□江對起。」諸本「峽」下二字均作「束蒼」，而是本塗去者，上爲「夾」，下却是「蒼」字。《鷓鴣天》第二首《席上再用韻》：「落日殘□更斷腸」，諸本空格均作「鴉」，而是本塗去者却是「鴉」字。 又第三首《敗棋賦梅雨》：「漠漠輕□撥不開。」諸本空格均作「陰」，而是本塗去者却是「陰」字。 丙集《木蘭花慢》第二首《題上饒郡圃翠微樓》：「笙歌霧鬢□鬟。」諸本空格均作「風」，而是本塗去者却是「風」字。《踏莎行·賦稼軒集經句》：「日之夕矣□□下。」諸本「夕矣」下二字均作「牛羊」，而是本塗去者却是「牛羊」二字。《雨中花慢·登新樓有感昌父斯遠仲止子似民瞻》：「舊雨常來，今□不來。」諸本空格均作「雨」，而是本塗去者却是「雨」字。揣其所以塗改之故，必爲誤書而非本字，諸本臆改適蹈其非。其他竄補，與既塗之字絶不同者爲數尤夥，原存空格亦大都填注，無跡可尋，以上文之例推之，絶不能與原書吻合。得見是本，殊令人有猶及闕文之感矣。

《稼軒詞》爲世推重，余既得此僅存之本，且賴良友之助得爲完璧，其何敢不公諸同好？劍丞既爲之書後，胡君文楷又取行世諸本勘其異同，撰爲校記，其爲是本獨有而不見於他本者，亦一一臚舉。今俱附印於後，俾閲者有所參覈。

范開序謂「裒集冥搜，才逾百首」，是編乃有四百三十九首。梁任公疑丙丁二集未經范手釐訂，然即甲乙二集亦已得二百二十五首，或范序專爲甲集而作，乙集而下，續序不無散佚。又諸家所刊在是編外者有詞一百七十九首，豈即出於范序所言「近時流布海内之贋本」歟？吾甚望他日或有更勝之本出，得以一釋斯疑也。

民國紀元二十有九年二月四日，海鹽張元濟。（同上）

# 辛稼軒詩文抄存弁言

鄧廣銘

稼軒生平著述，僅長短句數百首流傳至今，且傳誦極廣。其詩文諫稿等，曾膾炙宋季士林之口者，明初所修《永樂大典》及《歷代名臣奏議》中均有所收録，知其時必尚流布於世。而嗣此之後，舉公私藏書之家俱不復著録辛集之名，清代纂修《四庫全書》，亦僅於浙江鮑士恭家採獲《美芹十論》一卷，則辛集之亡佚當在有明中葉也。清嘉慶間法式善及其纂修《全唐文》之同事於《永樂大典》及方志、類書中加以輯録，凡得奏議及其他雜文三十一篇，詩一百十一首，長短句五十首，辛啓泰益以所撰《稼軒年譜》及汲古閣所刻詞，彙編爲《稼軒集抄存》九卷，刻以行世。此雖略慰一時學者慕望之心，而於《宋史》稼軒本傳所曾道及之《祭朱子文》及《高宗親征詔草跋》，與夫鮑士恭家藏《美芹十論》卷末所附之《上光宗疏》、《論江淮疏》，猶俱從闕如，則知其蒐討所得，以視其所未得者，蓋什一之於千百而已。

今上距嘉慶又百數十年矣，中間禍變迭作，書物連受其厄，法、辛二氏所及見之《永樂大典》亦且亡失殆盡，欲期將二氏之所收録遍加覆勘，或於其外多所增益，自屬匪易。

然就披檢所及，亦頗有足以訂補《稼軒集鈔存》之缺失者：　如取《抄存》所收奏議與《歷代名臣奏議》相校，即見《抄存》本中訛脱竄亂之處不一而足。爰即一依《歷代名臣奏議》重爲輯録，並補録《抄存》之所未收者數篇。　雜文亦均據稍古稍精之本輯録，而《抄存》中之異文間亦分別標注，以備參證。　又於《詩淵》及《永樂大典》殘卷中補輯古今體詩數十首。　其原爲《抄存》所誤收者，如辛次膺《贈黄冠周孝先》詩及陸游之《鵝湖夜坐》詩，則均爲剔除。　於各詩文後，均附著按語，舉述校輯之所本，以征信實，藉便稽考。　凡此校輯工作，所得趙斐雲萬里先生之指教及協助極多，謹書此志謝。　一九三九年八月。（《辛稼軒詩文抄存》）

# 稼軒詞編年箋注序

夏承燾

李杜以降，詩之門户盡闢矣，非縱横排奡，不能開徑孤行爲昌黎也。　詞至東坡，《花間》《蘭畹》夷爲九逵五劇矣，其突起爲深陵奥谷、爲高江急峽，若昌黎之爲詩者，稼軒也。二子者，遭際胸襟無一同，而同其文術轉跡之時會，乾、淳、嘉泰之詞，固猶詩之元和、長慶也。

今觀稼軒，若《題瓢泉》之效《招魂》，酌中秋之摹《天問》，與夫《沁園春》、《六州歌頭》之賦齊庵、對鶴語，鋪排起伏一綜於漢賦，挈班、揚以侶秦、柳，固昌黎之遺則也。至如《蘭陵王》之述夢、《賀新郎》之别弟，以及《哨徧》諸章之解《莊》，雲譎波駭，千彙萬態，尤樂章之至奇；喻之於詩，非猶《北征》之後而有《南山》、《月蝕》耶？雖云身世境會，坡、稼本不盡同，而文事尚變，推演遞嬗，固亦勢運所必然。由是而後村，而須溪，浸假蜕《玉蝴蝶》、《最高樓》而爲元曲，譬夫高山轉石，不至地不止焉。耳食者乃譁然以舊格曩規繩稼軒，豈通變之見哉！

予友鄧君恭三治文史，瞭然於遷嬗之故，出其緒餘，爲《稼軒年譜》，並箋其詞，曩予獲見一二，驚爲罕覯。頃恭三自北平遊滇，道出上海，乃得讀其全稿。鈎稽之廣，用思之密，洪興祖、顧嗣立之於昌黎，殆無以過。既寫定，辱以一言爲屬。

昔元遺山論韓詩，以爲江山潮陽之筆，非東野詩囚所能望；今之詞家，好標舉夢窗，其下者幽闇弇閉尤甚於郊、島。得恭三兹編以鼓舞之，蔚爲風會，國族精魂將怙以振滌，豈第稼軒功臣，與洪、顧比肩已哉！二十八年十二月，永嘉夏承燾敬序。

夏先生的這篇序文，既論述了詞的流變，論述了稼軒詞在宋詞中的地位，並對三十年代中國詞壇的取向表示了意見，是一篇很重要的文章。在四十年代初，此書此序雖已由商務印書館排版付型，而以紙張短缺，迄未印行。一九五五年轉交上海古典文學出版社重排，出版社因故而未能刊出，我對此深感歉咎。今藉此增訂改版機會，把序文一字不易地冠諸卷首，然終猶痛惜夏先生之不及見也！

鄧廣銘附記　一九九一年六月二十日。（增訂本《稼軒詞編年箋注》）

# 關於重編辛稼軒詩文抄存的幾點説明

鄧廣銘

一、一九三九年我把《辛稼軒詩文抄存》編校完畢，到一九四七年才由商務印書館排印了幾百册出來。印行之後，我覺察到其中的編次以及對於某些問題的考訂説明都有不太恰當之處，因而便又斷斷續續地把它重新加以編訂，最後編成了現在印行的這樣一本。重編本的面貌已和舊本大不相同了。

二、舊本中對於辛稼軒的文章是分類編排的，現在則不再分類，而完全依照各文寫作的先後爲序。凡某篇文章的寫作年份需要加以考索的，我也都重新作了一番考索工作，寫成考按文字，附録於各文之後。

三、舊本中對於各篇文章均未劃分段落，標點也有不甚確當之處。這次重編，不但把段劃分，把標點通體檢查改正，而且對於《九議》諸篇中的錯簡之顯而易見的，也都依其文義和邏輯順序而作了一些校正。

四、舊本中對於稼軒詩的編次，完全依照辛啓泰《稼軒集抄存》中原來的次第而未加更動，我所增補的若干首則作爲「補遺」而附次於後。但辛啓泰原來的編次實在是雜亂無章的：既不依照各詩寫作先後爲序，也不依照詩的體裁分類排列。甚至於像其中的《讀語孟》二首和《再用儒字韻》二首，明明是應當編在一起的，辛啓泰却把前後二者分列在相距極遥遠的地方；另如《感懷示兒輩七律》一首，與《趙文遠見和用韻答之》，《傅巖叟見和用韻答之》，《諸葛元亮見和復用韻答之》諸首既用同韻，當然也應編録在一起，而在《稼軒集抄存》中却也把它們遠遠地隔離開來。我這次把詩的部分重加編訂，原也是企圖以寫作先後爲序的，但其中絶大部分的寫作年份都無法考知。因而便採用了依照體裁分編的辦法，把應當前後相連編次的都使其連接起來，而我所增補的若干首也便分別穿插在各體之中，不另用「補遺」一目來安排了。

五、《稼軒集抄存》所收的文章中原有《賀楊經略札子》一通，所收的詩中原有《御賜閣額》二首，舊本中也都照鈔了來。今查《賀楊經略札子》中有「桂林一道」語，知其爲賀廣西經略者，其中有一些自述的話，如「得闕下邑，幸隸使封」、「鮚鮐晚出」、「塵土小吏」

語，和稼軒的事歷全不相合，而在南宋一代任廣西經略的也無一楊姓者，其非爲稼軒所作極爲明顯。《御賜閣額》二詩有「孤忠扶社稷，一德契穹蒼」等語，明是秦檜黨徒在宋高宗替秦檜寫了「一德格天之閣」的扁額以後所作的獻媚詩，不知辛啓泰何以誤收了來。今次重編，我便把這一通札子和兩首詩全都剔除出去了。

一九五六年八月三十日自記於北京大學歷史系。（《辛稼軒詩文抄存》）

## 書諸家跋四卷本稼軒詞後

鄧廣銘

稼軒詞自來傳誦極廣，而歷代刻本實未多見。《劉後村集》有《辛稼軒集序》，於稼軒詞備極稱揚，可知此全集中必包括詞集在內（《後村詩話》後集亦謂「辛詩爲長短句所掩，集有詞無詩」），此一本也。岳珂《桯史·稼軒論詞》條有云：「待制詞句脱去今古軫轍，每見集中有『解道此句，真宰上訴，天應嗔耳』之序，嘗以爲其言不誣。」所引序文不見於現行各本之中，當爲另一本也。元王惲《玉堂嘉話》卷五：「徒單侍講與孟解元駕之亦善誦記。取新刊本《稼軒樂府》吴子音前序，一閲即誦，亦一字不遺。」云是「新刊」，而吴序亦復不見於他本，則又爲一本也。劉辰翁《須溪集》有《稼軒詞序》，謂是宜春張清則刻，其在宋末或元初雖莫可考，要之又嘗有此一本也。以上四本既均無傳，其編次，其篇卷，其各本相互間及其與現存諸本間之關係各何若，俱所不曉。兹僅就現存各本而論，雖優劣互殊，究其本源均不出四卷本及十二卷二者。

十二本收有「丁卯八月病中作」之《洞仙歌》，丁卯即稼軒卒年，則其編刊必在稼軒卒後。此本之流傳至今者，有元大德三年廣信書院孫粹然張公俊之刻本（原爲聊城楊氏海源閣藏書，今歸北京圖書館）。依此本重刻者，明嘉靖中有歷城王詔校刊於開封之本，有李濂序文及批點。毛晉收入《六十名家詞》中者，則又由王詔本出，唯删去序文批點，且併十二卷爲四卷，以牽合《文獻通考》及《宋史·藝文志》所著録之卷數而已。有清一代之研讀稼軒詞者，毛本幾爲唯一之憑藉（四庫所收亦毛本，當纂修時竟不能得一别本以相參校，可見）。辛啓泰刻入《稼軒集抄存》中者亦即此本。顧王詔刻本頗不免於明人刻書率意竄亂之惡習，甚至有因祖本偶有脱葉，遂乃牽合前後絶不相干之二詞而爲一者，毛刻亦均未能是正。光緒中臨桂王氏四印齋取《六十家詞》中之稼軒詞而重刻之，復據廣信書院本還原其卷第，而對自王詔以來各本誤處亦稍稍有所勘正。此十二卷本流傳之梗概也。

四卷本中，凡稼軒帥浙東、守京口時作品，概未收録，則各集之刊成當均在宋寧宗嘉泰三年前。《直齋書録解題》、《文獻通考》及《宋史·藝文志》所著録者均是此本，南宋人所徵引之稼軒詞與此本亦率多相合，蓋當時最爲通行也。明吴訥採入《唐宋名賢百家詞》，汲古閣亦有影宋精鈔之本。然在有清二百餘年中獨寂然無聞。十數年前，武進陶氏始影刻甲乙丙三集，行款闕筆等與汲古閣鈔本俱同。疑即出於汲古閣鈔本者。梁啓超於得此影刊三卷之後，又於天津圖書館發見吴訥之《唐宋名賢百家詞》本，對此四卷本曾一再爲文表揚，世人乃加注意。惜此《百家詞》爲極拙劣之鈔本，錯訛極多，不能卒讀。陶本刻印雖精而校勘欠審，魯魚亥豕亦所不免。涵芬樓於光緒末收得汲古閣精鈔之甲乙丙三集原本，後即列名於《四部叢刊三編》預告中，而以缺丁集故，迄未印行。一九三九年春滬上書賈突持丁集一册赴北平張允亮氏處求售，索價甚昂，張氏以誤記涵芬樓收有四集全帙，遂即退還其書。事爲趙萬里先生所知，料度其或即毛鈔原本，而又深恐其從此再至亡佚，遂於是年夏間赴滬之便蹤跡得之，見其字跡行款及其前後收藏印記，知果與涵芬樓所藏前三集爲一書，乃亟告張元濟先生購得之，不唯使汲古閣舊物得成完璧，且即爲之影印流布，而宋刊四卷本之原面目亦依稀隱約可藉以推見。此又四卷本由晦復彰之經過也。

汲古閣影鈔四卷本之精審，由涵芬樓新印本所附校記及夏敬觀、張元濟跋文中已可概見。其餘勝處，梁啓超亦已言之綦詳。雖然，猶有可以補充之一事：十二卷本之題語及詞中字句，多經後來改定之處，改動後之字句大都較勝於四卷本，則當是稼軒晚歲所手訂者。然見於題中之辛氏友朋，其名姓、字號、官爵等亦間有通各卷各闋而悉改從一律者：如與傅先之唱和諸作，大多以「提舉」相稱，而傅氏曾任知縣，曾充通判，曾領漕事，各詞實不盡作於其既充提舉之後；又如與徐衡仲唱和之作，其以「撫幹」相稱者，亦未必均作於徐氏充福建安撫司幹官之後。凡此等處，四卷本均一仍原作時所著之稱謂而未改。吾人於千載下而欲對其各詞作年稍加鉤考，此實爲極好之資據。且范開序甲集有云：「公之於詞，苟不得之於嬉笑，則得之於行樂；不得之於行樂，則得之於醉墨淋漓之際；……或閑中書石，興來寫地。」四卷本題語既未經後來改動，故其賓朋雜遝、觥籌交錯之勝跡留存獨多。如甲集《滿江紅》「折盡荼蘼」闋，題云：「稼軒居士花下與鄭使君惜别，醉賦。侍者飛卿奉命書。」着語未多，風流盡得；十二卷本改爲「餞鄭衡州厚卿席上再賦」，非特意趣稍遜，亦且失却一段故實矣。

此外則梁、夏、張諸跋及胡文楷校記中，亦尚多未盡得當之處，兹略申所見如下：

梁啓超《跋》首謂稼軒詞在宋有三刻，除四卷本及十二卷本外，另一爲長沙之一卷本。其言曰：「《文獻通考》著録《稼軒詞》四卷（《宋史·藝文志》同），而引《直齋書録解題》注其下云：『信州本十二卷，視長沙本爲多。』或誤以爲此四卷者即長沙本，實則直齋所著録乃長沙本，只一卷耳。」今按：《書録解題》所著録之《稼軒詞》亦明言爲四卷，其下注文，與《文獻通考》所引正同，並無「一卷」字樣。且直齋於《歌詞類》起《南唐二主詞》、《陽春録》等，中包《于湖詞》、《稼軒詞》，迄於《鶴林詞》、《笑笑詞》，共凡百家，於《笑笑詞》下有總括之注文云：「自《南唐二主詞》而下，皆長沙書坊所刻，號《百家詞》。」其前數十家皆名公之作，其末亦多有濫吹者，市人射利，欲富其部帙，不暇擇也。」是已指明其所著録之四卷本《稼軒詞》即其注中之所謂長沙本者，梁氏改謂另是一本，誤矣。

梁《跋》謂四卷本之最大特色爲含有編年意味，張《跋》亦謂他本以詞調長短爲次，四卷本則以撰作先後爲次。按：所謂編年意味者，實僅能適用於甲集，而其適用之程度，亦衹可謂凡見甲集中者必爲某年以前之作，其中編次，雖非嚴格依詞調長短爲先後，然仍是同調之詞彙録一處，其撰作之先後實不能依編次順序以求之也。

梁《跋》謂：「甲集編成在戊申元旦，明見范《序》，其所收諸詞皆四十八歲前官建康、滁州、湖北、湖南、江西所作，既極分明。」今按：此説有范《序》之作年爲證，似可無問題矣，而實亦不然。甲集凡同調之詞均彙録一處，獨《聲聲慢》、《滿江紅》二調均於卷末重見，其《滿江紅》「折盡荼蘼」闋，與十二卷本改正之題語相參，知其爲送鄭厚卿赴衡州守任之作。查《永樂大典》衡字韻中載有南宋人所修《衡州圖經志》之全文，其中於南宋一代之郡守所載甚詳，而在孝光兩朝之鄭姓者，僅有鄭如崈一人，爲繼劉清之之後任者；到任於淳熙十五年四月，至紹熙元年正月被劾去。「崈」與「厚」義甚相近，知稼軒所餞送之鄭厚卿必即淳熙十五年抵衡州之鄭如崈。然則餞詞之作亦必在十五年春荼蘼方開之時。據此推知甲集卷尾重出二調中之各詞，必爲書將刻成時又陸續收得者，其中亦必有若干首爲淳熙十四近些年來之新作，非皆作於稼軒四十八歲之前也。

梁《跋》又云：「乙集於宦閩時之詞，一首未見收録，可推定其編輯年當在紹熙二年辛亥以前。」此亦不然。查乙集《清平樂》「詩書萬卷」闋題云：「壽趙民則提刑，時新除，且素不喜飲。」趙民則名像之，楊誠齋爲作《行狀》，有云：「改西外知宗。……未幾即拜福建路提點刑獄公事。建臺之始，風采一新。未幾，請爲祠官，丞相京公鏜遺公書……」據《福建通志·宋代職官文臣提刑》門，稼軒之後爲盧彥德（即屢見稼軒詞中之盧國華），盧後即趙像之。樓鑰《攻媿集》中有《趙像之除福建提刑制》，亦在《福建提刑盧彥德除本路運判制》之後。據此諸事，知趙民則之除提刑乃在稼軒帥閩之時（稼軒帥閩有送盧國華由閩憲移漕建安詞），其時已爲紹熙五年甲寅矣。梁氏後於所作《稼軒年譜》中，將《最高樓》「吾衰矣」闋編置帥閩諸作之末，其考證有云：「此詞題中雖無三山等字樣，細推當爲閩中作。……故以附閩詞之末。」而此詞原即爲乙集所收録者。是則梁氏已不能堅守己説；殆於編撰《年譜》之頃，已察知《跋》語所云之有誤乎？

梁《跋》又云：「丙集自宦閩詞起收，其最末一首爲辛酉生日，蓋壬子至辛酉十年間，五十三歲至六十二歲之作。」今按：丙集《鷓鴣天》「聚散匆匆不偶然」闋，題云「離豫章别司馬漢章大監」，乃淳熙五年去江西帥任時作；《滿庭芳》「傾國無媒」闋乃和洪景伯韻者，洪氏原作今存《盤洲集》中，詞下自注爲「辛丑春日作」，則淳熙八年稼軒再度帥江西時也。此均遠在稼軒繡衣使閩之前十餘年，不得謂爲「自宦閩詞起收」。

夏《跋》謂：「《稼軒詞》往往以鄉音叶韻，全集中不勝枚舉。……如《浣溪沙》之『臺倚崩崖玉滅瘢』句，是用《漢書·王莽傳》『美玉可以滅瘢』，此詞用元寒韻之『瘢』、『言』、『軒』，與真、諄韻『韗』、『村』同叶，殆亦其鄉音如此。而三本『瘢』皆作『痕』，匪特不典，且忘『言』、『軒』亦在元寒韻。此類妄爲竄改之跡實不可掩。」今按：夏氏此見甚卓。其所指之詞見四卷本丙集，其在十二卷本中者，則自王詔校刊本至四印齋本確皆改「瘢」爲「痕」。當吾未見大德廣信書院原刻本時，曾疑此項改動乃稼軒所自爲之者，因十二卷本中此首之後尚有用同韻之一首，起句爲「妙手都無斧鑿痕」，不押「瘢」字，遂推想以爲是必在後闋未作之時，前闋已既改定矣。及檢對大德刻本，見兩首起句全押「瘢」字，乃知改「瘢」爲「痕」，蓋始於王詔校刊本，若非出自李濂，殆即出自王詔。夏氏因未得見大德刻本，故未能發此覆也。

夏《跋》又云：「《感皇恩》題『讀莊子有所思』，三本皆作『讀莊子聞朱晦庵即世』。詳此詞未有追挽朱子之意，且朱子不言《老》《莊》，稼軒奈何於讀《莊子》時追念朱子耶？此六字不知從何而來，亦必後人妄增。」今按，《感皇恩》全詞云：「案上數編書，非《莊》即《老》。會説忘言始知道，萬言千句，自不能忘堪笑。朝來梅雨霽，青天好。一壑一丘，輕衫短帽，白髮多時故人少。子雲何在，應有《玄經》遺草。江河流日夜，何時了？」前片云云，自是讀《莊子》之所感，後片之白髮句，則明是聞故人噩耗而發者，而子雲以下諸語，更爲最適合於朱晦庵身份之悼語。《玄經》句用以喻朱氏注釋經傳之各著述，江河二句則係隱括杜甫「爾曹身與名俱滅，不廢江河萬古流」詩句，以反諷當時攻道學禁僞學之徒者，實寓若干隱痛在内。當丙集刊布之時，韓侂胄勢焰正盛，蓋不欲以此引惹糾紛，故於題中削去刺人耳目之朱晦庵云云而改著「有所思」三字以代；洎夫十二卷本編刻之時，則韓氏已被誅戮，前得無所避忌而復其原題之舊，此絶非不明曲折之人所能憑空增入者也。至其所以將《莊子》與朱氏牽連於一處者，則題中一「聞」字即足爲最好之説明，必是適在稼軒披讀《莊子》之頃，遽得朱氏之死訊也。夏氏將此一字輕輕放過，遂致不得其解矣。

張《跋》謂：「諸家所刊，在是編外者，有詞一百七十九首，豈即出於范《序》所言近時流布海内之贋本歟？」今按：四卷本編刻於稼軒在世之時，故凡稼軒晚年帥浙東守京口諸作皆不及收録，而在此期内所作各詞，如「會稽秋風亭觀雨」之《漢宫春》，「京口北固亭懷古」之《永遇樂》等，不惟時人争相傳誦，而一時詞人如姜白石張南湖等人亦均有和章；另據岳珂《桯史》之記事，則知凡此諸詞不但確爲稼軒所作，且均爲稼軒極得意之作，此斷斷不容稍存疑念者。十二卷本編次體例頗精嚴，稍涉輕儇或拙濫之作，尚多擯而不録，更無論於贋鼎矣。是則其餘之一百七十餘首，凡載在十二卷本内者均不生真僞問題，張氏於此，蓋不免疑所不當疑矣。且范開之所編定者甲集也，其中所收才逾百首而已，此明見范氏序文者也，後來所出乙丙丁三集是否亦出范氏手編，頗不可知，必如張氏所云，應須並此三集中之各詞亦置諸可疑之列，又何止以一百七十九首爲限哉！此尤爲説之必不可通者矣。

夏張兩先生如是云云者，蓋皆爲證實四卷本所以較他本優勝之故。然四卷本佳處故自有在，且兩先生與梁任公跋語中所舉他例已極繁夥，盡足證明四卷本之優越而有餘，實無須再假藉於此數端以爲重，更無待於過分貶抑他本而始顯見。然則右之駁難，雖似爲他本辨解，而於四卷本之價值固無絲毫之減損也。

涵芬樓影印四卷本，分裝二册，而《校勘記》乃另成一巨册，其量不爲不多，宜其詳實可憑也，而竟又不然。兹姑舉數例，略見一斑：

壹、四卷本與各本均異而爲《校記》所漏列者：

一、丙集三十二至三十四葉，凡詞十一首，均列置《浣溪沙》調名之下，而其中實雜有《攤破浣溪沙》四首，此兩調字句多寡不同，自來詞家亦不混爲一談，不知此處何竟參差互出。在十二卷本中，將《攤破浣溪沙》另行編次，而彙録於《添字浣溪沙》（四印齋本俱改作《山花子》）調名之下。此其所關非小，不知校者何以存而不論。

二、乙集《鷓鴣天》「千丈陰崖百丈溪」闋，前片末句爲「横理庚庚定自奇」，此乃脱胎於山谷詩句者，故十二卷本於句下有注云：山谷《聽摘阮歌》云：「玄璧庚庚有横理。」乙集無此注文，校記中亦未之及。

貳、四卷本僅與某某本不同而《校記》誤以爲與各本全異者：

一、甲集《滿江紅》「鵬翼垂空」闋，「料想寶香黄閣夢」句，毛本辛本「黄」誤作「熏」，王氏四印齋本不誤，而《校記》乃云「三本『黄』作『熏』」。

二、乙集《一枝花》「千丈擎天手」闋，「雙眉長恁皺」句，毛本辛本脱「恁」字，王本不脱，而《校記》乃云「三本無『恁』字」。

叁、四卷本與三本全不同而《校記》誤以爲僅與某某本異者：

一、甲集《木蘭花慢》「老來情味減」闋，「共西風只等送歸船」句，王、毛、辛三本「等」俱作「管」，而《校記》只云「毛本辛本『等』作『管』」。

二、乙集《水調歌頭》「寒食不小住」闋，「小」字三本俱作「少」，而《校記》只云「毛本辛本『小』作『少』」。

肆、四卷本與各本不同處被《校記》妄加改動者：

一、乙集《生查子》「青山非不佳」闋，四卷本題作「獨遊西巖」，三本俱無題，而《校記》以爲「王本『西』作『雨』」。

二、丙集《浣溪沙》「細聽春山杜宇啼」闋，題爲「泉湖道中，赴閩憲，別諸君」。三本均作「壬子春，赴閩憲，别瓢泉」。而《校記》乃云「三本作『季春赴閩憲，别瓢泉』」。

校書如秋風中掃落葉，自來從事於此者即多深感其難，然苟慎審爲之，疏漏亦非絶不可免。且辛啓泰本出於毛氏《六十家詞》本，毛本出於王詔本，王本今猶具存，則校勘之時捨毛辛二本而獨取王本及四印齋本相與參覆可也，今乃捨本逐末，反致顧此失彼，以如此巨量之校語，乃使人絶不敢稍存信心，殊爲遺憾耳。

一九四〇年七月寫於昆明靛花巷三號
一九五八年六月改寫於北京大學（增訂本《稼軒詞編年箋注》）

# 稼軒詞編年箋注初版題記

鄧廣銘

這本《稼軒詞編年箋注》，是我在一九三七到一九三九兩年多的時間内編寫起來的，距今已經是將近二十年的事了。一九四一年曾由商務印書館排好書版，後以紙張缺乏，一直未能付印。近兩年内，我又斷斷續續地就稿本進行了一些修改和補充，成爲現在即將付印的這一本。

我是一個從事於歷史科學工作的人，對於我國的一些古典文學名著和偉大作家，雖也喜歡閱讀，有所愛好，但也只是有所愛好和喜歡閱讀而已；對於其中的任何一部名著或任何一位作家，都不曾進行過深入的研究。我之所以從事於這部《稼軒詞編年箋注》的編寫工作，事實上也仍是在我鑽研歷史問題的過程中所經行的一段彎路。是因爲，在一九三五到一九三七年間，我正在攻治兩宋和遼金歷史上的一些問題，特别是有關宋遼和宋金間的和戰問題，以及這一歷史時期内的政治經濟和思想學術方面的一些問題。在工作的進行當中，南宋的幾個比較突出的富有愛國思想的士大夫和社會活動家，例如大倡功利主義的陳龍川（陳亮），以愛國詩人著稱於世的陸放翁（陸游）和具有多方面才智的英雄豪傑人物辛稼軒等人，便特别吸引了我的注意，使我發生了很大的興趣。他們的一些言論著作和實際活動，都加深了我對於當時某些事件和問題的理解和認識。在一一六〇到一二〇七年這四十多年内的宋金鬥争當中，辛稼軒更佔有比較重要的地位。爲求明瞭他在這一歷史時期内的具體活動和主要貢獻，我便去翻覽前人已經寫成的幾種著述：清代辛啓泰所編的《稼軒年譜》和《稼軒集鈔存》，近人梁啓超所編的《辛稼軒先生年譜》和梁啓勳所編的《稼軒詞疏證》等等。不料在翻讀過上述各書之後，我所希圖解決的問題竟完全没有獲得解決。關於辛稼軒如何起而反抗金人的統治，關於他在投歸南宋以後四十多年之内的用舍行藏諸大端，載在上舉諸書當中的，彼此之間既有種種的分歧，而取與當時的一些有關的歷史事件相參證，也幾乎全都不能入扣合拍。真所謂治絲愈棼。既不能「因人成事」，這便使我下定決心，要繞行大段彎路，要親自動手編寫一本《稼軒年譜》，如有可能，且要把《稼軒詞》的寫作時次加以排比。

辛稼軒的詩文集早已失傳了，在現存的一些南宋後期人的文集内也找不到他的行狀碑銘之類的比較直接、比較完整的傳記資料。因而，在我既經決定要從事這一工作之後，凡披覽所及，只要是南宋以來的史册或他種書志，我總要注意其中有無關涉到稼軒及其親朋師友的什麽記載，有時且專爲這一目的而去翻檢某些書籍。只要在其中遇到有關材料，我便細大不捐地一齊鉤稽出來，以期借助於這樣一些一鱗半爪的積累，最後能夠把辛稼軒的生平行實逗攏得比較完備一些。在這樣進行了長時期的蒐討之後，果然得到了差强人意的收獲，我便把採摭所得的這些資料，分别用來編寫辛稼軒的年譜和《稼軒詞》的編年與箋證。

辛稼軒在寫作歌詞的時候，往往喜歡「掉書袋」，在歌詞當中使用很多的史事和典故，致使閱讀稼軒詞的人們必須隨時去翻檢一些書册，否則對詞中涵義便常有無從索解之感。爲其如此，我在對《稼軒詞》進行箋證工作的同時，就也把詞中所使用的典故、往事和成語等等一併作了注釋，想使此後閱讀《稼軒詞》者，有了這部《編年箋注》在手，不必另有翻檢之勞，即可大致求得其解了。

在這部書中，關於箋證和編年部分，是我用力較多的部分，但是，其中必然還存在着一些問題，例如有的地方還可以考索得更加精確，有的地方又過於執着或竟失之穿鑿之類。關於典故和成語的注釋部分，因爲不是我主要功力之所在，所存在的問題更可能較多。有少量的典故和成語，我只是從一些「類事之有家」的書籍當中，或從前代某些詩集的注釋當中稗販而來，在此等處所，所標舉的卷第篇目既很簡略，所舉書名也會間有現今已經失傳之書，甚至所標注的也可能並非最原始的出典。例如：在注釋辛詞「虎踞龍蟠何處是」一句時，我所引用的張勃的《吴録》，注釋「白羽風生」句時所引用的裴啓《語林》，就都是早已失傳的書，我是從《太平御覽》轉引來的。

我既不是研究文學史和古典文學的，對於詞章一道更屬外行，因此，就編寫《稼軒詞》的編年箋注這一工作來説，我並不是一個比較合適的人；也因此，在我已經編寫成的這部書中，便不可避免地要有很多疏漏差謬之處。凡此種種，我在誠懇地期待着看到這部書的朋友們給予指正和幫助。

在最近對這部書的修訂工作上，蔣禮鴻、盛静霞兩位先生曾給以很多的幫助，謹在此表示感謝。

鄧廣銘一九五六年十一月十八日，寫於北京大學歷史系。（同上）

# 稼軒詞編年箋注增訂三版題記

鄧廣銘

## 一

自從一九七八年上海古籍出版社將《稼軒詞編年箋注》又一次重印之後，由於印數較大，發行面較廣，各地的讀者和專家當中，有很多人先後致函給我，提出了一些需要訂正或補充的意見。這使我受到了很多的教益，同時，也受到了很大的鞭策。我不能把這一大批很可寶貴的意見束置高閣，若罔聞知。於是，從進入八十年代之初，我就又斷斷續續地對這本箋注進行修訂和補充工作。到今天，爲時已整整十四個年頭了，而我也已經年届耄耋，精力衰憊，記性恍惚，手臂顫抖，作字維艱，只好把這項補正工作告一結束。雖還不應説是草草收兵，但在工作的過程當中，總經常會發生一些「欲罷不能，既竭吾才」和「雖欲從之（指各地來函中的種種建議），末由也已」的感覺。

除這些外來的因素之外，在我自己，在一九六二年進行了那次增訂之後，也時常想到對於辛詞的編年隸事大作一番調整。原因之一，是元大德年間，廣信書院刊行的十二卷本《稼軒長短句》的影印本剛剛出版，我看到之後，就在《增訂再版題記》當中寫道：廣信書院所刊十二卷本，對於同調各詞的排列，大致上也是以寫作先後爲序的。當時我還只是粗略地翻讀一過，就已覺察到一些最明顯的例證，如：凡是經范開編入《稼軒詞》甲集中的各詞，在廣信書院的刊本中，大都編列在各調的最前面，而凡其作於閩憲或閩帥任上的諸詞，則全無置列帶湖所作同調諸詞（此專指其詞題中著有明確年代者）之前者。以後我更進一步細考這個版本的淵源，知其必出自曾任京西南路提刑的稼軒嗣子所編定、由稼軒之孫辛肅請求劉克莊寫了序文（見《後村大全集》卷九十八）、嗣即在上饒予以刊行的那部只收詞而不收詩的《辛稼軒集》（見《後村詩話》後集卷二）。既是如此，則凡收録於廣信書院本中的全部辛詞，自不至有贋品羼入；而其中對同調各詞的編置次第，對於辛詞的編年也具有極大的參考價值。其中雖也間有先後參差錯出之處，那大概是出於編集者見聞之所不及、推考之偶爾不當之所致。對於這類問題之凡有蛛絲馬跡可考者，自當另行考求其寫作時次；其確實難於考定者，則斟酌編置於可以考定作者之同調某首之前或後。本擬根據這一新的認識立即着手進行改編，不料不久就發生了繼續到十年之久的「文化大革命」，遂致在一九七八年重印時，所用的仍然是一九六二年增訂的那個舊版。

另一原因，是我在八十年代之初，經鉛山縣檔案館的友人，輾轉借到了《鉛山辛氏宗譜》的第一本（據説全書共五本，其餘四本，藏有此譜的辛姓人家秘而不肯示人）。這一本《宗譜》中所收録的資料，出於明清人僞造者什居七八，但有一篇《宋兵部侍郎賜紫金魚袋［辛公］稼軒歷仕始末》，儘管其中脱誤甚多，却確是出自南宋末年人手筆，因而是極富史料價值的一篇文字。清朝嘉慶年間江西萬載縣辛啓泰編寫的《辛稼軒年譜》中，對於稼軒誕生的年月日時以及稼軒逝世後家中的景況，必即是根據此文寫成的。只因辛啓泰並未因編撰《稼軒年譜》而去廣泛地翻閱有關書册，從而對於這篇《歷仕始末》也未能充分加以利用。

元刻廣信書院十二卷本《稼軒長短句》是經過清代著名校勘家黄丕烈、顧廣圻等人校勘過的，依照此本翻刻的王鵬運的四印齋印本，更爲近代研究辛詞者所易見。但直到要編寫《稼軒年譜》問世的梁啓超，都没能從中覺察出它所涵藴的這一特徵，自鄶以下更不足論了。

《宋兵部侍郎賜金魚袋［辛公］稼軒歷仕始末》一文，對於述寫辛稼軒的生平事跡自極重要。我在三十年代所編撰的《稼軒年譜》中，凡其僅僅以辛啓泰所編《年譜》爲依據者，除有關稼軒子嗣部分外，幾均可在此文中找到其更較原始之出處。而從宋孝宗乾道元年至三年的稼軒行蹤，過去長時期内未得解决，我還曾經根據詞中涉及吴江的幾句話，而假定此三年爲稼軒被投閑置散而流落吴江的時期。從《歷仕始末》中却看到了他在任江陰軍簽判之後繼即改任廣德軍通判，遂使多年空白藉得填補。於此可見，《歷仕始末》對於稼軒詞的編年也有極大的用處。單是其中的「初寓京口」一句，便遞送給我們一道信息：辛稼軒「在錦襜突騎渡江初」的紹興三十二年（一一六二），便已有了家室，亦即和先已寓居京口的范邦彦之女、范如山之妹成婚了。其時稼軒爲二十三歲，女方年齡亦與之相當。這樣，我就把原編入「作年莫考諸什」中的一首作於立春日的《漢宫春》，認定爲稼軒渡江後第一篇創作。因爲，據詞中的「年時燕子，料今宵夢到西園」句，知其違别故鄉濟南僅及一年；「却笑東風……又來鏡裏，轉變朱顔」諸句，爲稼軒以「朱顔」形容自己面貌僅有的一次，知其確作於青年期内；而「渾未辦黄柑薦酒，更傳青韭堆盤」兩句，也正説明新建立的家庭，在飲食居住等條件上還都很簡陋。既確定稼軒與其夫人爲同齡，則據其「壽内子」的《浣溪沙》詞中之「兩人百歲恰乘除」句，又可斷定此詞必作於淳熙十六年（一一八九）家居上饒之時（至其專言「壽内子」者，則必是二人僅爲同年，而出生月日並不相同之故）。從上舉一二三例證，當可概見《歷仕始末》這一短文所寓有的史料價值，是大可予以充分考索和利用的。

既有因《稼軒詞編年箋注》在一九七八年的大量印行而引致讀者提示給我的無數補正意見，又有我從影印元刻本《稼軒長短句》受到啓發而久積於懷的要把編年大作一番調整的篤願，又從《鉛山辛氏宗譜》獲見自萬載辛啓泰以後二百年來的辛詞研究者都未見得到的《宋兵部侍郎賜紫金魚袋［辛公］稼軒歷仕始末》；這次的對《稼軒詞編年箋注》和《辛稼軒年譜》的大幅度增訂補正工作，就在這種種主客觀的形勢下開始了。至其成爲一種馬拉松式的工作，前後持續了十年以上的時間，則是我的始料所不及的。

## 二

回想半個世紀之前，當我最初着手於《稼軒詞編年箋注》的編撰時，業師傅斯年先生曾告誡我説，最好能把書名中的「箋注」改爲「箋證」，亦即只把涉及稼軒詞本事的時、地、人等等考索清楚，把寫作背景烘托清楚即足；對於典故的出處則可斟酌其關係之重要與否，有選擇地注出，而不必一一遍加鈎稽；至其脱化於前人詩詞之語句，則注之不可勝注，自以一概不注爲宜；各詞寫作年月，其明確易知者固可爲之編定，却不應曲事牽合，强爲繫年，以免或失魯莽，或失穿鑿。傅先生還鄭重地向我説道，千萬不能把此書作成仇兆鰲的《杜詩詳注》那樣，仇書作得確實夠詳、夠繁瑣了，但那只是供小孩子閲讀用的，對於真正研究杜詩的人究竟能起多大作用呢？（以上僅記其大意如此。）對於傅先生的這些意見，有的我在編寫詞箋的過程中接受了，所以從一九五七年的印本直到一九七八年的印本的第五卷，都標著爲《作年莫考諸什》，而在另外的五卷中，明確加以繫年的，共不過二百二三十首。對於典故出處及詞句之脱化前人者之處理，則只是部分地接受了傅先生的意見而非完全照辦，所以在書前的《例言》當中，就寫有這樣一條：「兹編之注釋，唯以徵舉典實爲重。其在詞藻方面，則融經鑄史，驅遣自如，原爲辛詞勝場之一，故凡其確爲脱意前人或神化古句者，亦皆爲之尋根抉原，注明出典；至如字句之訓詁以及單詞片語之偶與古作相合者，均略而不注。」儘管在初稿當中，也有許多並不符合這些原則之處。至於書名，我也没有把「箋注」改爲「箋證」。

不料一九五七年初版印行之後，不久就有人發表文章，批評這本書的注釋過於簡陋了；也還有幾位素不相識的專家學者，例如劉永濬、李伯勉諸先生，直接寫信給我，連續不斷地提供我許多應當增補的資料；再結合我自己隨時覺察到的一些應行補正之處，便動手進行了一些修改和增補。以後於每次印行前又遞加修正，成爲一九六二、一九六三和一九七八諸年的印本。這幾次印行的版本，在箋注的一些方面已經突破了初版《例言》和《題記》當中所設定的各種準則了。

把兩宋的詞人劃分爲豪放派和婉約派，我自來是並不認爲十分恰當的。但不論分與不分，辛稼軒在兩宋詞人當中應是名列前茅的大作家，其影響之大，感染力之强，都爲其他詞人的作品之所不能比擬，我想，這已經是得到了公認的一樁事實。其所以能夠如此，除了因爲他是一個民族志士和英雄豪傑人物，當全民族正處於最艱苦困難的時期，他能夠懷着高昂的激越奮發情緒，代表着那一代人而唱出時代的最强音，亦即具有最高的思想境界和最深厚的感情因素之外，在其寫作的布局命意和藝術加工方面，必定也有遠非其他詞人所不可跂及之處。而這些，又必定都是出於辛稼軒的生活、學識和藝術的素養，而決非臨時濬之使深、築之使高的。然而我自己，却是一個從來不曾涉及於詩詞創作領域的人，既然不曾有這方面的實踐，怎能對稼軒詞的寫作技藝有確切而且深透的理解呢？因此，不論在編寫這本箋注的初稿時，或在一九六二年以及今次的增訂修改過程中，對於這一問題，我一直爲了藏拙，避而不談。只因在一九六二年以來的印本中，我把《略論辛稼軒及其詞》一文置諸卷首，題目雖標明了「論稼軒詞」，實際上所論却只是極爲膚淺的幾點。那位素未謀面却爲這本詞箋的增改已經提供了無數意見的劉永溍先生(他已在十年浩劫中去世),看到我的這篇文字之後,又特地寫信給我,對辛詞在寫作方面的特點,提出了幾條意見。遺憾的是,當他在世之時未及將此信收録於《辛詞箋注》當中,現在就趁此書增訂改版的機會,全文照録於此,聊以稍補本書的闕失,稍袪我的幾許遺憾,並藉與讀者共賞。

再版增入《略論辛稼軒及其詞》一文,爲讀者先介紹作者及作品之概要,確屬必要。文中對政治方面陳叙甚詳,關於詞的藝術特點方面,只提創作態度一點,似太單薄。以濬之意,此文不啻詞集的代序也。

辛詞如《感皇恩》上片述讀《莊子》的感想,下片述聞朱晦庵即世的感慨;《六州歌頭》告鶴三事,上片述二事,下片述一事;《賀新郎》上片述離别三事,下片述二事;又一闋賦琵琶,則將琵琶故實分别在上下片吟詠:都打破了前後兩片成規。辛詞喜掉書袋,他的用事,如前述《賀新郎》等,都是堆垛式的,我認爲這是一種堆假山的手法,也和别人不同。辛的白話詞,是效法李易安的。除《醜奴兒近》外,如《尋芳草》(調陳莘叟憶内)、《糖多令》(淑景鬥清明)、《好事近》(醫者索酬勞)、《鵲橋仙》(送粉卿行)、《西江月》(醉裏且貪歡笑)等,雖是白話詞,却都是文人吐屬,和柳耆卿一派的市井腔調頗有不同。這三點似乎都可以作介紹。當否請酌。

劉永澐先生信中對於幾首辛詞的寫作技巧的論析，雖已全録於此，但也只能起發凡起例的作用，他所没有論述的大量的辛詞，就請辛詞的研究者們憑借各自的理解和認知去進行辨析吧，這對於我來説依然是無能爲力的。

除了對辛詞的結構和布局，從形式上探求其藝術手法外，對於大量的辛詞的意藴，即其託言於此而寄意言外的所謂「寄託」，自也應予以探索和闡發。但這所謂寄託，只能以具有深遠隱微的旨意爲限，而並不是打啞謎，作密電碼，因而不能用猜謎底、破密碼和作《紅樓夢索隱》的辦法去考求和對待。然而前代詞家之闡發辛詞之寄託者，却每每不免於那樣的取向。儘管其中也偶有「不幸而言中」之處，而一般説來，則或出穿鑿，或出附會，我却是大都不以爲然的。我在撰寫此書的初稿時，在《例言》中所列的如下一條：「明悉典實則詞中之涵義自見，揆度本事則作者之宅心可知。越以而往，舉凡鑿空無據之詞，游離寡要之説，所謂『祇謂攬心、胡爲析理』者，兹編概不闌入。寧冒釋事忘意之譏，庶免或臆或固之失。」説穿了，這一條就全是針對上述那種取向而發的。我也常暗自發笑，我的這種做法，大似王安石注經時對「先儒傳注，一切廢不用」的辦法了。所以，在這本《箋注》先後印行了幾版之後，一位友人告我説：不論他或其他讀者，從此書所得印象，同樣是：它是出自一個歷史學者之手，而决非出於一個文學家或文學史家之手的。這個評語的涵義，不論爲知我罪我，我總認爲它是非常恰當和公允的。

## 三

《稼軒詞編年箋注》一九七八年的重印本，印數爲二十五萬册，印行僅及一年即全部銷售一空，總應算作暢銷書吧。其所以能夠暢銷，主要是因爲十年浩劫剛剛結束，各地的學術研究工作蓬勃開展，青年學子的讀書和學習的氣氛也異常濃厚，對這本書的需求量自也隨之加大。然而好景不長，到了八十年代的中期，學術文化以及出版界的情况便都發生了巨大的逆轉：在大氣候中，學術研究氣氛似乎已成了過眼雲煙，而青年學子的厭學情緒也突然襲來，以致出版界再也不肯考慮這本《編年箋注》及其同類書的印行問題了。這就是造成我在這篇《題記》開頭所説的這次修訂增補工作的馬拉松式的主要原因。

在進行修訂增補的最初階段，我本是把我自己的一些想法（例如充分利用廣信書院本各個詞調的序列重行編年，把原標「作年莫考諸什」的第五卷取消，把其中所收各詞儘可能考求其作年，或彙集於作年可考諸詞的前後，等等），把先後所收到的各地讀者來信中所提大量意見(其中也包括辛更儒君寄來的許多意見),一律交付與遠在哈爾濱一所中學執教的辛更儒君(我把借到的一本《鉛山辛氏宗譜》也轉借與他,協助他先寫了一篇介紹《歷仕始末》的文章,並要他在修訂《詞箋》、《年譜》時加以充分利用),請他按照我所訂立的幾條原則加以篩選,填補在適當的地方。另外,舊版中引用詩文所注出典太簡略之處(例如引用《論語》、《孟子》中的話而未注篇名,引用古人詩文而未注出題目之類),也請他代爲查補。

辛更儒君接受了這一任務後,剪裁舊本,填補新注,有時須寫蠅頭小楷,添入字裏行間,費心、費力、費時均極多,頗爲可感。只因從一九六二年以來的各次重印本中,對於某些與詞旨不甚相關的語詞也往往做了注釋,到一九七八年的印本銷行之後,讀者來函中屬於此類的增補意見因亦更多。辛君未能嚴加剔除,遂致較前更嫌蕪雜。更由於我和辛君共同商酌的時間不夠多,在編年和隸事方面,也間有未能取得一致意見之處。在他整理修定峻事之後,我雖又從頭到尾草草檢核一過,也多少有所改正,但終不免有些疏略。到一九八五年的夏秋之際,便把全稿寄交上海古籍出版社去審查。出乎意料的是:出版社對於此書此次的審查工作特別重視,委託給一位對古代詩詞有精湛研究的老編審陳振鵬先生去做。陳先生對於這本《稼軒詞編年箋注》的審查工作,嚴肅認真,一絲不苟。他簽貼了數以百計的意見，將全稿寄回，要我參照修改。我翻讀之後，覺得他的意見無不確切諦當；他對於原箋原注中的錯誤，都指點得切中要害；他所建議添換的新的箋注，也都使本書在質量上得到很大提高。例如：

一、在注釋稼軒作於福州的《賀新郎》（覓句如東野闋）中的「對玉塔微瀾深夜」句時，舊版中我原引用了蘇軾《江月》五首之一的「一更山吐月，玉塔卧微瀾」兩句，雖已算找到他所從脱化的古句，但對此句及蘇軾原句的意義，還等於並未作出解釋。陳先生乃於簽條中録出蘇軾詩序全文，並引録陸游《入蜀記》七月十六日的一段記事云：「是夜月白如畫，影入溪中，摇蕩如玉塔，始知東坡『玉塔卧微瀾』之句爲妙也。」以爲據此可知玉塔乃指月在水中之倒影。遂使蘇詩辛詞俱獲確解。繼又指明查慎行注蘇詩謂玉塔指惠州豐湖旁之大聖塔之非是，這也解除了讀者的另一誤解：當時有一讀者自福州來信説，《淳熙三山志》卷七《公廨門》載：「澄瀾閣，舊西湖樓基，待制趙公汝愚創建。」澄亦作澂，則辛詞中之「微瀾」或即原作「澂瀾」云云。今既知辛詞此句確由蘇詩脱化而來，又知「玉塔」確爲月在水中之倒影，則澂瀾閣之説自無法成立，因玉塔無法卧樓閣中也。

二、世人共知辛稼軒喜在詞中「掉書袋」，却未必都知在人的書袋當中之豐富貯藏，乃是三教九流兼收並蓄的。這自然爲注釋者增加了一定的難度，儻不能跟蹤追尋，便必致多所漏略。例如他的「别成上人併送性禪師」的《浣溪沙》，開頭的兩句「梅子生時到幾回，桃花開後不須猜」，即均自禪宗機鋒語脱化而來，而我在已經印行的各版中却均未作注。這次訂補，辛更儒君根據讀者來函，僅將「桃花開後」句在《景德傳燈録》中找出其淵源，在陳振鵬先生的審查簽條中却把梅子生時一句的淵源從《五燈會元》中找出，不唯將全文録示，並告以《景德傳燈録》卷七亦載此事，而文較簡略，不能表見事之原委，故不録用。

陳振鵬先生簽提的類似這樣的一些珍貴意見，舉不勝舉，我全已把它們訂補到這次的修訂本中去了。這些意見，既足以表見陳先生對我國古典詩詞具有精湛的研究，也足以説明他的學識的博洽，更足以反映出，他對於一部書稿的審定工作做得如何嚴肅認真。這種種美德，求之於當今各出版社的編審、編輯人員當中，即使不能説絶無僅有，大概也應是屈指可數的吧。因此，我雖迄今與他未得一晤，我却要遥認他爲我的益友，並在此向他致敬致感。

如前文所説，我是一個已經進入耄耋之年的人，老眼昏花，手臂顫抖，查閲書籍，改寫注文，工作效率之低下，經常影響到工作情緒之低落，遲遲復遲遲，也是造成馬拉松式的原因之一，以致到今天纔得告了結。

在此我還須説明，這本《箋注》雖始終是用我一個人的名字刊行的，但若非從撰寫初稿以來就得到夏承燾、蔣禮鴻諸先生的大力幫助； 若非在它幾次刊行的過程中又得到劉永澘、李伯勉諸位素未識面的先生的大力幫助，以及廣大讀者所提示的大量意見；若非從一九七八年以來又得到更大數量的讀者的來函，和辛更儒君、陳振鵬先生的大力幫助，它是絶對不會呈現爲目前這個差强人意的增訂三版本的。

另外，《詩淵》中收有辛詞數十首，經過辛更儒君加以核對，其爲行世諸本稼軒詞集所不收者僅爲以下三首：

水調歌頭（簪履競晴晝閿）

感皇恩（露染武夷秋閿）

驀山溪（畫堂簾捲閿）

現一併收録編次於此增訂本中。 與前此印行各版所收之六百二十六首相加，共爲詞六百二十九首。

## 四

《題記》到此本已結束，然而我却還想「曲終奏雅」。

從寫作藝術到語詞涵蘊，從隱婉到寄託，從意象到境界，都置之不論，對於一本辛詞箋注來説，總是令人遺憾的極大缺陷。這原也是使我多年以來極感尷尬困窘、經常耿耿於懷的一個問題。所幸是，在近十多年内，我從各地的報刊上，讀到了加拿大英屬哥倫比亞大學教授葉嘉瑩女士（華裔）的許多篇縱論唐宋詩詞的文章，其中包括了論稼軒詞的許多篇。其文章議論皆渾融灑脱，恢閎開廓，曲彙旁通，而又全都在於反覆闡發其主題。用四川大學教授繆彥威（鉞）先生在《靈溪詞話後記》中的話來説，那就是：一方面葉教授和繆先生本人一樣，「由於多年來創作實踐的經驗，深知其中甘苦，因而更能理解、探求古代作家在其作品中所藴含的幽情微旨，而賞析其苦心孤詣的精湛藝術」；另一方面，則是葉教授之論文學，「能兼融中西，自建體系，汲取了中國傳統文字理論之靈悟慧解，而運用西方思辯之法作清徹透闢之分析説明」。其「研治中國古典詩詞，觀察敏鋭，思考深沉，既能旁蒐遠紹，又能索隱（廣銘按：此非紅樓夢索隱式之索隱）探微，所樹立之精義，開拓創新，論證詳覈」。繆先生的這些話，是綜括了葉教授的全部講論詩詞的文章而發的，但如專用在她論述稼軒詞的幾篇文章上，也無不確切諦當。葉教授論稼軒詞的文章現在收入她與繆鉞先生合寫的《靈溪詞説》中的，雖只是《論辛棄疾詞》一篇，而這一篇論文的主旨，却是要把辛詞内容方面之廣與風格的變化之多，作一次「將『萬殊』歸於『一本』的嘗試」。她寫道：

第一，我們該注意到的是，辛詞感發之生命，原是由兩種互相衝擊的力量結合而成的。一種力量是來自他本身內心所凝聚的帶着家國之恨的想要收復中原的奮發的衝力，另一種力量則是來自外在環境的，由於南人對北人之歧視以及主和與主戰之不同，因而對辛棄疾所形成的一種讒毁擯斥的壓力，這兩種力量之相互衝擊和消長，遂在辛詞中表現出了一種盤旋激蕩的多變的姿態，這自然是使得辛詞顯得具有多種樣式與多種層次的一個主要的原因。第二，我們該注意到的，則是辛詞中之感發生命，雖然與當日的政局及國勢往往有密切之關係，但辛氏却絶不輕易對此做直接的叙寫，而大多是以兩種形象做間接的表現。一種是大自然的景物之形象，另一種則是歷史中古典之形象。這種寫法，一則固然可能由於辛氏對於直言時政有所避忌，再則也可能是由於辛氏本身原具有强烈的感發之資質，其寫景與用典並不僅是由於有心以之爲託喻，而且也是由於他對於眼前之景物及心中之古典本來就有一種豐富的聯想及强烈的感發。這自然是使得辛詞顯得具有多種變化與多種層次的另一個重要的原因。

在這裏，她確實寫出了辛詞「由一本演爲萬殊的變化」的契機所在，甚至對幾百年來詞家所常道及的、寓貶抑之意多於贊揚的所謂「掉書袋」，也得到極爲通達的解釋，讀來令人深有怡然理順之快感。在此之後，她引録了稼軒的題爲「過南劍雙溪樓」的《水龍吟》詞全文，並結合題爲「登建康賞心亭」之《水龍吟》、「更能消幾番風雨」之《摸魚兒》諸詞加以闡發解析，作爲其對辛詞「一本萬殊之特質」的例證。

葉文又進而從語言方面和形象方面談辛詞的藝術手段。她寫道：

辛詞既能用古又能用俗，在詞史上可以説是語彙最爲豐富的一位作者，而尤以其用古方面最爲值得注意。……其更可注意者，乃是他即使在「别開天地，横絶古今」、「牽《雅》、《頌》入鄭、衛」的「大聲鏜鞳」的作品中，却也仍保有了詞之曲折含藴的一種特美，雖然極爲豪放，但却絶無淺率質直之病，這纔是辛氏最爲了不起的使千古其他詞人皆莫能及的最爲可貴的成就。……

在論述辛詞在使用形象方面之藝術手段時，葉文又引録了題爲「靈山齊庵賦」的《沁園春》詞的全文，而依循她認爲「關懷國計民生一心想恢復中原的志意與理念，一直是其貫穿於萬殊之中的一本」這一主旨而進行剖析和闡發，所論也極爲精彩。我在此只摘引其闡發詞中「檢校長身十萬松」句的一段爲例：

而下句之「檢校長身十萬松」，則又把此一份不甘投閑置散的心情結合着眼前的景物做了極爲形象化的叙寫，遂於言外表現了極深重的悲慨。而其感發之作用則主要乃在辛氏於「十萬松」之名物形象之上所用的「長身」兩字的形容詞，以及「檢校」兩字的動詞。蓋「檢校」乃檢閱軍隊之意，「長身」乃將松擬人之語。曰「檢校長身十萬松」，是直欲將十萬松視爲十萬長身勇武的壯士之意，則辛氏之自憾不能指揮十萬大軍去恢復中原的悲慨，豈不顯然可見。而此詞開端之將羣山擬比爲回旋奔馳之萬馬的想象，則又正與此句之將松樹擬比爲十萬大軍的想像互相映襯生發，遂使此詞傳達出一份强大的感發之力量。

我對葉嘉瑩教授《論辛棄疾詞》的抄引到此爲止。我希望這本《箋注》的讀者，儘可能都親自閲讀她的這篇原作的全文，這主要不是爲了「奇文共欣賞」，而是藉以補拙著的一大缺陷，以提高和加深對稼軒作品的領悟。

鄧廣銘一九九一年六月二十日初稿，九月十五日改完於北京大學之朗潤園。（同上）

# 辛稼軒詩文箋注序言

鄧廣銘

## 一

收集刻印辛稼軒的詩文，是從清代江西萬載縣人辛啓泰開始的。辛啓泰在嘉慶十六年（一八一一）刻了一部《稼軒集抄存》，並且附入了他所編寫的《辛稼軒年譜》。但是，根據法式善在《稼軒集抄存序》中所説，關於稼軒佚詩、佚文的蒐輯工作，全是由法式善及其在唐文館的同事們承擔的，其中並無辛啓泰的些許功勞。辛啓泰只是把别人蒐輯到的一些詩文收攏在一起，稍加編次，爲之刻版印行而已。

《稼軒集抄存》的刻印，畢竟是一樁極有益的工作，爲其後的研究辛稼軒者提供了一份有用的資料，成爲一個起步的基點。我在一九三九年初編成書，後來又屢加增删修改的《辛稼軒詩文抄存》，其最原始的起點也就是辛啓泰刻印的這部書。

法式善是清朝乾嘉之際的著名學者，久領風騷，家富收藏，又得藉參加編輯《全唐文》之便，翻檢《永樂大典》，由他和他的同事分别從《大典》各韻中輯得辛稼軒的奏議及駢文共二十八篇、古今體詩一百十首，使得《稼軒集抄存》粗成部帙，這自然值得我們表示感激。所可惜的，是在法式善和他的同事們所輯得的駢文和古今體詩當中，都有把並非稼軒的作品而誤收於内的。我在編輯和校訂《辛稼軒詩文抄存》的過程當中，先後剔除了駢文中的《賀楊經略札子》（不知作者）一篇，詩中的《贈黄冠周孝先》（辛次膺）、《鵝湖夜坐》（陸游）及《御書閣額》四首。《御書閣額》爲五言律詩二首，在《辛稼軒詩文抄存》的初編本中，我從《稼軒集抄存》中全部照抄了來，在修訂本中，我雖已把它剔除，却僅僅斷言其必秦檜黨羽所作，而並未考明作者究爲誰何。在修訂本印行之後，我翻閲黄公度的《知稼翁集》，纔突然發現，不但這兩首五律，連同《贈延福端老》的七絶兩首、《和泉上人》七律一首，全都是黄氏的作品。此殆以《知稼翁集》之稼字偶與稼軒之號相同，輯録者潦草將事，遂致誤收。在這次的箋注本中，自然一律加以剔除了。

法式善爲一代著名文人，上述誤收諸詩，即：因姓氏之相同而收入辛次膺之作，因鵝湖寺屢見於稼軒詞中而收入陸游之《鵝湖夜坐》，因《知稼翁集》之稼字而收入黄公度詩達五首之多（另外，還有《送悟老住明教禪院》五古一首，起句「道人匡廬來」公然犯宋太祖諱，則恐不但非稼軒之詩，且恐並非兩宋人詩，則亦當係誤收。只因未能查得確證，故未予剔除），估計都不是由他製造出來的。然而，唐文館中的某些人是受他的委託而輯録的，他們的輯録所得當然都要歸總到他的手中，一一由他過目，對於這些只爲敷衍塞責而誤收的作品，法式善是不能不負失察之責的。特别是，黄公度的《知稼翁集》有一部傳世的明抄本，其上鈐有法式善印記兩方，知其曾爲他所購藏。黄公度爲獻媚秦檜而賀作的《御賜閣額》一詩，詞意語氣與力主抗金的辛稼軒的詩文大相背戾，此則對黄集稍加檢照即可發見者，而《稼軒集抄存》漫不加察，以致貽誤後來學人。如在二十年代後期，東北大學的陳思教授在其所撰《辛稼軒年譜》中，就把《御賜閣額》當真認作辛稼軒的作品，並煞費苦心地論證這兩首詩應作於何年。在法式善的《陶廬雜録》卷三，還有一段自述説：

稼軒詩文集世無行本。汲古閣刻其詞四卷，今收《四庫書》中。余採自《永樂大典》，詩文各體俱備，篇幅寥寥耳。奏議文散見各篇，世傳《美芹十論》即在其中。詞多汲古閣所遺。零金碎玉，深足珍貴。萬載辛啓泰鐫版於江西，題曰《稼軒集抄存》，共九卷，予爲之序。

在這裏，他把從《永樂大典》中輯録稼軒詩文的工作，不再提及委託唐文館同事分别擔任的事，而徑直説作「余採自《永樂大典》」中，這自然不免有掠美之嫌，不及他在《稼軒集抄存序》中所交代的那樣具體符實，然而不論怎樣，對於《稼軒集抄存》中詩文部分之輯録成册，法式善的功與過是各居其半的。

## 二

這次對稼軒詩文的箋注工作，基本上是以我過去幾經增删和校訂的《辛稼軒詩文抄存》爲底本而進行的。我説「基本上」，是因爲我雖對《辛稼軒詩文抄存》中所收詩文幾經增删和校訂，然而當其時，《永樂大典》殘存各卷的影印本我還没有全部翻看；我也不知道以孤本（而且是編輯人的原始稿本）流傳的《詩淵》的天、地、人三集已全部爲北京圖書館所購得；後經孔凡禮君又從這兩部書中採集到稼軒的詩近二十首；更後又經辛更儒君重檢《詩淵》影印本全書，校正了孔凡禮君原收諸詩中的個别錯字，並從中多輯得兩首，都把它們收集攏來，使法式善之所謂篇幅寥寥者又稍得有所增益。

當所謂「文化大革命」的浩劫剛剛結束後的七十年代後期，我國出版事業方面的負責人，爲了便於與外國學術文化界的交流，本擬選定將屈原以來的我國十五位偉大作家的作品重新加以注釋，使之現代化，印製爲精緻的標準版本，作爲饋贈外國文學藝術團體的備用禮品。辛稼軒是被選定的十五家中的一家。還因爲我所編寫的那本《稼軒詞編年箋注》已經是一個新的注釋本，要我稍作加工，並把稼軒詩文一併加以箋注，作爲稼軒全集印行。爲十五位偉大作家作品重新作注釋的計畫後來並未實現，但上海古籍出版社却希望我能依照上述計畫中的規定，把稼軒全集注釋出來。我因爲忙於教學和一些需要如期完成的學術研究任務，難再旁騖及此，便商請上海師範大學的教師李伯勉先生對稼軒詩文進行箋注。不幸他將稼軒的詩尚未注釋近半，即突然因病去世，令人至感痛惜。

在此以後，我又與哈爾濱市一所中學的語文教師辛更儒君聯繫，問他能否在教學之餘承擔注釋稼軒詩文的工作，他不但欣然承諾，儘快就著手去做，而且黽勉將事，勤奮有加。到一九八五年暑假中就基本注釋完畢，交我予以審訂。翻讀全稿之後，我覺察到，由於辛君並非專致力於宋代史事的研究，對於稼軒詩文亦非所素習，倉卒間從事於這一箋注工作，雖已盡其最大努力，務求詳盡周洽，而時不免於誤解或失稽，亦存在浮泛蕪累、穿鑿附會處。例如，他未能考明黄河的奪淮入海是宋室南徙初年的事，而把定爲宋仁宗在位期内的事；未能理解稼軒詠趙晉臣去纇石詩的字義，而把去纇石作爲一塊石頭的專名；等等。這就使得我在進行審訂工作的過程中，在訂正其誤失、删除其蕪累、補苴其闕漏等方面，斟酌損益，不能不煞費心思，曠時廢日。然而篳路藍縷，以啓山林，固難對作始者求全而責備。而且總括説來，他所作箋注，畢竟是合者居多而不合者較少，我今取其合者，補其闕失，終於使此書成了一本較好的辛稼軒詩文的注釋本，辛更儒君所投入的功力終究也未被埋没。（李伯勉先生對稼軒詩所作的一些注釋，也間有被吸收到這本箋注中的。）

本書上卷所收辛稼軒的文章，其寫作年份大都十分明確，無須稽考，故亦不再另作編年。只有其中的《美芹十論》，《稼軒集抄存》於題上冠以「乾道乙酉進」五字，而黄淮、楊士奇所編《歷代名臣奏議》中，則標著爲稼軒任建康府通判時所奏進，那就應是乾道四、五年了。因爲有此分歧，近年内遂又有不同意見的争論。今按：《稼軒集抄存》所載此文，乃是法式善從《永樂大典》輯出的，而《永樂大典》則是從《辛稼軒集》採入的，而就文中所述各事與宋孝宗隆興乾道之際的史事相對證，也知其奏進决不能晚於乾道元年乙酉，我早年所作《美芹十論作年考》所持論點仍不可動摇，故仍附於該文之後。

收輯在這本書中的稼軒詩，在詩題中大都没有標著其作於何時何地，辛更儒君却也都作了編年，其中有僅據詩中的一句一字而進行推尋者，亦僅備一説以供讀者之參詳而已。如有高明的讀者肯就此以及箋注之所有疏失不吝賜教，則固我與辛君之所同願也。

一九九三年十月十七日寫於北京大學朗潤園。(《辛稼軒詩文箋注》)

# 稼軒詞版本源流再探索

辛更儒

## 一、論稼軒詞現存的四卷本和十二卷本系統

現存稼軒詞的版本,有四卷本和十二卷本兩個系統,分别是明代吴訥《唐宋名賢百家詞》本《稼軒詞》四卷和汲古閣影宋鈔本《稼軒詞》甲乙丙丁四卷本,元大德三年(一二九九)廣信書院所刻《稼軒長短句》十二卷本及其傳本。當代學者以現存版本推論稼軒詞的舊有版本,認爲自南宋以來,所流傳下來的不過如是兩個系統的版本而已,這一論點雖幾乎被視爲定論,但我認爲,鄧廣銘先生曾所斷言的「僅就現存各本而論,雖優劣互殊,究其本源均不出四卷本及十二卷本二者」(《書諸家跋四卷本稼軒詞後》),以及在《稼軒詞編年箋注》的《例言》中所説的「辛詞刊本,系統凡二: 曰四卷本,其總名爲《稼軒詞》,而分甲乙丙丁四集。……曰十二卷本,名曰《稼軒長短句》」諸語,還是可以商榷的。

因爲據我的考察，在以上兩個系統的本子之外，宋代應當有第三種系統的稼軒詞刻本存在。

四卷本《稼軒詞》甲集編成於淳熙十五年（一一八八）正月，辛稼軒的門人范開作序，其中説：「開久從公遊，其殘膏剩馥，得所霑焉爲多。因暇日裒集冥搜，纔逾百首，皆親得於公者。以近時流布於海内者，率多贋本，吾爲此懼，故不敢獨閟，將以祛傳者之惑焉。」序文表明，甲集所收，是范開自淳熙九年遊學於稼軒之門以來，陸續所得到的稼軒詞，共一百零二首，編成之後的第二年，又蒐集到前未蒐集到的和淳熙十五年春間的近作九首，遂一併附於卷末。

四卷本乙丙丁三集是在甲集編成後陸續刊刻的，其所收並無一個確切的時間範圍，但大體上應先後刻成，其下限則一律斷在嘉泰三年（一二〇三）辛稼軒出任浙東安撫使之前。我們雖不知這三集編於誰人之手，也不知是否爲稼軒所過目，但范開離上饒赴臨安求官，事在淳熙十六年，范開不可能續編此三集却肯定無疑。

四卷本所收僅爲四百二十七首，既非全部稼軒詞，則其在稼軒身後必不能成爲最流行之本，這是情理之中的事。梁啓超跋文對乙丙丁三集所收頗有所疑，稱「丙集有《六州歌頭》一首，丁集有《西江月》一首，皆諛頌韓平原作。《西江月》之非辛詞，《吴禮部詩話》

引謝疊山文已明辨之,《六州歌頭》當亦是嫁名」。他的懷疑是正確的,《六州歌頭》上片極力渲染韓侂冑在西湖高會的排場,與稼軒詞體不符。特别是辛稼軒與韓侂冑政治上的對立,在嘉泰二年之前已至行同陌路的地步,他怎麽可能在家居時寫出這樣一首詞來呢?辛稼軒卒後受史彌遠專政的影響,被誣追隨韓侂冑開邊,在史彌遠病死之前(紹定六年,一二三三)一直得不到昭雪。今四卷本中有這兩首諛頌韓侂冑的詞,一定是長沙坊刻本在重刻時妄加補入。今傳四卷本有毛晉精鈔宋刊本,所謂宋刊,也就指應刻成於寧宗末或理宗初年的長沙坊刻本。

十二卷本《稼軒長短句》今雖有元大德廣信書院刻本,但陳振孫「信州本十二卷,視長沙爲多」一語却極重要(陳振孫《直齋書録解題》卷二一)。它證明,元本僅僅是宋信州本的翻刻本而已。梁啓超、鄧廣銘二先生均認爲十二卷本是稼軒卒後所刻,這一論點是正確的。但十二卷本大致刻於何時,却未深考。今查范開字廓之,四卷本稼軒詞中涉及到廓之姓字時,無不照直書寫,而元廣信本則都改成了「先之」。四卷本甲集《念奴嬌》(近來何處閿)有句「獨倚西風寥廓」,元廣信本則將「寥廓」改作「寥闊」。「廓」字,宋寧宗名擴,但「闊」字不是避諱字。元本的避諱承襲了宋信州本,由此推斷,信州本應在寧宗之世刻成。還有一個例證:宋理宗即位前夕改名爲昀,按照慣例,凡與昀同音的字也都應避諱。但元廣信本却有三首《浣溪沙》詞，如「父老争言雨水匀」之類，都没有避理宗諱，《菩薩蠻》（香浮乳酪玻璃盞閱）也有「萬棵寫輕匀」句未避，足見信州本必然刊刻於理宗即位之前。

鄧廣銘先生於一九五八年改定的《書諸家跋四卷本稼軒詞後》一文中認爲：元大德廣信書院本《稼軒長短句》收有「丁卯八月病中作」之《洞仙歌》，丁卯即稼軒卒年，則其編刊必在稼軒卒後。「十二卷本編次體例頗精嚴，稍涉輕儇或拙濫之作，尚多擯而不録，更無論於贋鼎矣。」到了一九九一年修訂《稼軒詞編年箋注》畢，寫《增訂三版題記》時，他又指出，「細考這個版本（指廣信本）的淵源，知其必出自曾任京西南路提刑的嗣子辛稏所編定、由稼軒之孫辛肅請求劉克莊寫了序文（見《後村先生大全集》卷九八《辛稼軒集序》，《四部叢刊》初編本）、嗣即在上饒予以刊行的那部只收詞而不收詩的《辛稼軒集》（《後村先生大全集》卷一七六《詩話》後集）。既是如此，則凡收録於廣信書院本中的全部辛詞，自不至有贋品羼入；而其中對同調各詞的編置次第，對於辛詞的編年也具有極大的參考價值。」

對於廣信本可以作爲大致編年的參考的意見，我是同意的，並且在爲鄧先生修訂《箋注》一書時即按此意見處理，使全部稼軒詞基本上有編年可考。但我對廣信本即《辛稼軒集》所收辛詞的底本一説却始終存有疑問。理由很簡單，十二卷本不論何人編定，既然爲宋寧宗避諱那麼嚴格，就一定是刊印在寧宗朝，而辛肅所刊《辛稼軒集》却刻成在理宗寶祐五年（一二五七）以後，按照宋代避諱的不成文規定，此時重刻稼軒十二卷本，則范廓之的「廓」字完全可以回改，而以闕末筆形式出現，不必再隨便地以「范先之」來代替。所以，以十二卷本爲家傳本，因而斷定它在各本中惟我獨尊的結論也未必準確。

## 二、論稼軒詞全集本

鄧廣銘先生曾説，「稼軒詞自來傳誦極廣，而歷代刻本實未多見。」儘管如此，他還是在《書諸家跋四卷本稼軒詞後》一文中搜羅了宋元之世的四種未見版本，説明在辛氏生前，其詞集必刊印多種版本，決非只有《稼軒詞》四卷本一種。范開於淳熙十五年正月便言及稼軒詞海内「多贋本」，亦可證知。這四本中，有三本刊印於稼軒身後（劉克莊作序的《辛稼軒集》全集本詞集、劉辰翁於《稼軒詞序》中所列宜春張清則刻本、元王惲《玉堂嘉話》卷五所新刊的《稼軒樂府》），雖然此三本鄧先生有「俱所不曉」的斷言，但我還是想對此進行一下深入探討。

劉辰翁《序》中所説的《稼軒詞》，我們的確全無所知。其餘二本，一爲《稼軒集》本，一爲《稼軒樂府》本。後者王惲謂是「新刊」，新刻印的本子並不一定就是新編。例如，元大德廣信書院本是源於宋代的信州十二卷本而並無任何改動，包括宋人的避諱字，由於不能確指爲何人而還原爲某字，故皆一仍其舊。《稼軒樂府》很可能也是這種情況，是源於宋代流行的某一本子。不過，對於此本，王惲另有一處提到它。其《秋澗樂府》有一首《感皇恩》詞，題目是：「與客讀《稼軒樂府全集》。」（元耶律鑄的《雙溪醉飲集》卷六亦有《鵲橋仙》詞，題稱「閬州得《稼軒樂府全集》」）王惲謂此書爲「全集」，可知必是元代存世最全的稼軒詞集本。

衆所周知，十二卷本《稼軒長短句》和四卷本《稼軒詞》各收詞五百七十二首和四百二十七首，和現存的六百二十九首之間尚各有數十首至一百首的未收詞。而現存的數目還僅僅是現尚能收集到的，必還有相當一部分詞作未被收集到。因此現存的十二卷本和四卷本充其量只能是精選本，遠説不上是足本或全本。

那麽，在稼軒没世之後有没有一個稼軒詞的足本或全集本流傳於世呢？有。此本也許就是《稼軒樂府全集》的祖本。

鄧廣銘先生曾説，「就現存各本而論，雖優劣互殊，究其本源均不出四卷本及十二卷本二者」。我以爲實際情況並非如此。自稼軒去世以迄於南宋滅亡，七十二年之間，筆記雜談所引，類書政書所録，總集詞選所引的稼軒詞表明，當時最流行的本子既不是四卷本，也不是十二卷本，而是一種包括全部稼軒詞的本子，這個本子的一些字句和四卷本或十二卷本都有不同，題目也差别很大，但今日所能見到的稼軒佚詞（指四卷本和十二卷本兩本之外的稼軒詞）則都收在這個本子之中，顯然，這是當時存在第三種系統稼軒詞的有力證據。

例如：編於慶元間的一種詞總集《草堂詩餘》前後四卷（《草堂詩餘》今存最早之本爲元至元三年即一三三七年的刊本，後來又有多种刊本出現，如《增修箋注妙選羣英草堂詩餘》即對原書有所增添，约刊於宋亡之前。此據文淵閣《四庫全書》本《類編草堂詩餘》），共收稼軒詞九首，其中的《蝶戀花》（誰向椒盤簪綵勝）有句云：「往日不堪長記省，爲花長抱新春恨。」後一句廣信本和四卷本俱作「爲花長把新春恨」；

《鷓鴣天》（枕簟溪堂冷欲秋）有句云：「紅蓮相倚深如怨，白鳥無言定是愁。」而廣信本和四卷本則作「紅蓮相倚渾如醉，白鳥無言定自愁」；

《祝英臺近》（寶釵分闋）有句云：「陌上層樓，十日九風雨。斷腸點點飛紅，都無人管，更誰勸流鶯聲住？」廣信本和四卷本俱作「怕上層樓……斷腸片片飛紅……」；

《水龍吟》（渡江天馬南來闋）上片末段云：「功名本是，真儒事，君知否？」廣信本後三字作「公知否」，四卷本同此本；

《沁園春》（三徑初成闋）有兩句是「身閑要早」和「東崗更葺茅齋」，而廣信本和四卷本則作「身閑貴早」和「東岡更葺茅齋」。

而此本的卷二收有《金菊對芙蓉》（遠水生光闋）一首，卷四收有《賀新郎》（瑞氣籠清曉闋）一首，爲兩本所不載，應當是稼軒佚詞。《稼軒詞編年箋注》於卷二收録了第一首，並在「編年」中寫道：「右《金菊對芙蓉》一闋，各本俱不收，惟見《草堂詩餘》後集《節序》門。《草堂詩餘》成書在慶元以前（見《四庫提要》），謂系稼軒所作，當可憑信。因附於帶湖期内諸作之後。」然而題爲「吉席」的《賀新郎》（瑞氣籠清曉闋）詞，同樣收於《草堂詩餘》，何以《箋注》拒收？《箋注》没有説明理由。查梁啓超《跋稼軒集外詞》列稼軒佚詞四十八首，其中即有《金菊對芙蓉》而無《賀新郎》，並説此四十八首「最可收繕寫」，然而這是否是説《賀新郎》不可信？另查《全宋詞》在所收稼軒詞之最後收録了這首《賀新郎》的全文：

瑞氣籠清曉。卷珠簾次第笙歌，一時齊奏。無限神仙離蓬島，鳳駕鸞車初到。見擁個仙娥窈窕。玉佩玎璫風縹緲，望嬌姿一似垂楊嫋。天上有，世間少。劉郎正是當年少。更那堪天教付與，最多才貌。玉樹瓊枝相映耀，誰與安排忒好。有多少風流歡笑。直待來春成名了，馬如龍緑樹欺芳草。同富貴，又偕老。

其後編者作按語云：「按此首不似辛棄疾作。惟『劉郎正是當年少』三句，宋人已歌之，見劉塤《水雲詩餘》，末句作『許多才調』，稍有不同。此首必宋人作，姑附於此。」既然梁啓超和唐圭璋等先生對此詞均有疑義，鄧廣銘先生疑未能定，故棄而不顧。但我以爲，宋人風俗，於迎娶新婦之際，要由司儀在門前念吉席歌詞，此情景可由宋代話本《花燈轎蓮女成佛記》的描寫中大致窺見。辛稼軒在帶湖期間爲鄉間父老寫下迎親詞，並非無此可能，且此詞同稼軒詞風並無多大差異。劉塤《謁金門》詞有小序稱：「臨汝有歌者稍慧，咸淳中，嘗與吟朋夜醉其樓，對予唱《賀新郎》詞，至『劉郎正是當年少，更好堪天教付與，許多才調』之句，笑謂予曰：『古曲名，今日恰好使得。』予因以此意作小詞題壁，明日遂行。後二年再訪之，壁間醉墨尚存，而人已他適矣。」可知此詞頗傳誦一時，不知何以「不似辛棄疾作」？

編成於理宗寶祐元年（一二五三）的《全芳備祖》和寶祐五年（一二五七）的《古今合璧事類備要》也都收了稼軒詞，前者收十三首，後者收八首，這二十一首詞都是賦詠花草的，與前引《草堂詩餘》有别。但值得注意的是其中的字句也多與廣信本和四卷本不同。

例如，這兩種書都引録了辛稼軒詠梅的《最高樓》、《瑞鶴仙》，詠牡丹的《鷓鴣天》，詠木犀的《清平樂》，詠櫻桃的《菩薩蠻》，詠水仙的《賀新郎》詞，兩本所引有與四卷本、廣信本都不相同之處，而兩本却大體相同。《最高樓》（花知否闋），《古今合璧事類備要》别集卷二二所引有句云：「清香怕有人知處。」《全芳備祖》前集卷一所引相同，而廣信本、四卷本丙集則均作「風流怕有人知處」；

《瑞鶴仙》（雁霜寒透幕闋），《事類備要》别集卷二二所引有句云：「想含章弄粉，豔妝難學。」《全芳備祖》卷一所引相同，而廣信本則作「含香弄粉」（此詞四卷本未收）；

《清平樂》（少年痛飲闋），《事類備要》别集卷三八所引有句云：「明月團圓高樹影，十里薔薇水冷。」《全芳備祖》前集卷一三所引相同，而廣信本則作「明月團團高樹影，十里水沉煙冷。」四卷本丙集亦與廣信本不同；

《清平樂》（月明秋曉闋），《事類備要》别集卷三八所引有句云：「折來休似年時，小窗能有高低。」《全芳備祖》前集卷一三所引相同，而廣信本則作「打來休似年時」。四卷本丁集與《事類備要》相同；

《賀新郎》（雲卧衣裳冷闋），《事類備要》别集卷八所引有句云：「羅襪塵生淩波去，湯沐煙波萬頃。……待和淚，匀殘粉。……記當時匆匆忘把，此花題品。……愁殢酒，又還醒。」《全芳備祖》前集卷二一所引相同，惟「匀殘粉」作「揾殘粉」。而廣信本、四卷本甲集分別作「羅襪生塵」、「收殘粉」、「此仙題品」、「又獨醒」。

編成於理宗淳祐五年（一二四九）的《中興以來絶妙詞選》，收録了稼軒詞四十二首，是花庵《詞選》中收詞最多的一家。但從其編者黄升所採用稼軒詞的底本看，就既不是十二卷本《稼軒長短句》，也不是四卷本的《稼軒詞》系統。在這四十二首詞中，《草堂詩餘》所收與十二卷本和四卷本詞句有所不同的五首詞，即上舉《蝶戀花》（誰向椒盤簪綵勝闋）、《鷓鴣天》、《祝英臺近》、《水龍吟》、《沁園春》等五首，《絶妙詞選》同樣收入，而凡與十二卷本和四卷本相異之處，《絶妙詞選》基本上與《草堂詩餘》相同，不再一一羅列。可以證明，《絶妙詞選》所用的與《草堂詩餘》是一個本子。此本雖因所選與《事類備要》及《全芳備祖》只選花草類詞有所不同，因而二者所選基本不同無法加以參照，但還是有一首《最高樓》詞既爲《全芳備祖》前集卷一、《古今合璧事類備要》别集卷二二所收，又爲《絶妙詞選》所收，可以進行對比。其餘三十多首詞，除一部分與十二卷本、四卷本詞句完全一致不存在異文外，而多數詞與十二卷本、四卷本亦差異較大。

《最高樓》（花知否闋），《絶妙詞選》本與廣信本、四卷本丙集差異甚大，而《全芳備祖》、《事類備要》則僅有一處差異，即「清香怕有人知處」，與《詞選》本同，而廣信本、四卷本俱作「風流怕有人知處」。知《詞選》本所據也絶不是廣信本或四卷本。

此《詞選》本還有十六首，與廣信本或四卷本詞句差異較大。以下列舉其中重要的異文，以便説明它們並非屬於同一版本系列。

如《瑞鶴仙》（黄金堆到斗闕）《詞選》本有句云：「被常娥做了殷勤。」廣信本、四卷本乙集「常娥」均作「姮娥」；

《念奴嬌》（野棠花落闋），《詞選》本調名作《酹江月》，有句「一枕銀屏寒怯」、「垂楊立馬」、「曾經別」、「舊恨春江流不盡」，而廣信本、四卷本甲集前三句均作「一夜雲屏寒怯」、「垂楊繫馬」、「曾輕別」；　最後一句廣信本作「舊恨春江流不斷」，四卷本作「舊恨春江流未斷」；

《水龍吟》（玉皇金殿微涼闋），《詞選》本的「金殿」，廣信本、四卷本甲集並作「殿閣」；　「看公一試熏風手」、「錦衣如畫」，二本並作「重試熏風手」、「錦衣行晝」；

《水龍吟》（峽束滄江對起闋），「滄江」二字，廣信本、四卷本甲集並作「蒼江」；

《鷓鴣天》（枕簟溪堂冷欲秋闋），《詞選》本有句「紅蓮相倚渾如怨」，廣信本、四卷本甲集並作「紅蓮相倚渾如醉」；

《清平樂》（茅簷低小闋），《詞選》本有句「醉裏蠻音相媚好」，廣信本、四卷本甲集並作「醉裏吴音相媚好」。

從上面的一系列例證中可以看出，南宋晚期出現的各種詞選、類書所收入的稼軒詞，基本上是從屬於一個版本系列，而這個系統的本子却不是今日通行的元代廣信十二卷本或影宋的手鈔四卷本，它屬於一個我們今日並不瞭解的版本，這個版本系列有以下幾個特點：

（一）詞題往往較簡略，只有寥寥數字，不似四卷本有較長詞題，更不似廣信本有完整的時間、地點、人物及其姓字官稱及本事的説明；

（二）各本的異文基本相同，有的稍有差異，但重要異文均與廣信本、四卷本各集有明顯的差異；

（三）各本的異文頗有與四卷本相同而與廣信本不同者，或與廣信本相同而與四卷本不同者，但這並不説明各本來源於四卷本或廣信本；

（四）從以上各本所據的版本形成時間看，它應當晚於四卷本，或早於廣信本；

（五）《絶妙詞選》本有一首《鵲橋仙》詞，題中不避「廓之」的「廓」字，這只能説明，此本刻成時已到了理宗即位之後，因而「廓」字可以不用「先」或其他字代替，而只用闕筆避諱即可，故能恢復其本字，可見此本乃南宋後期的最流行本；

（六）稼軒詞凡不見於四卷本或廣信本的佚詞，應都出自此本，可知此本乃是所謂的足本或全集本。

按：劉克莊《辛稼軒集序》稱：「建炎省方畫淮而守者百三十餘年矣，其間……辛公文墨議論尤英偉磊落。……世之知公者，誦其詩詞。」自建炎元年（一一二七）下數一百三十年，爲宋理宗寶祐五年（一二五七）。劉克莊序文既有這樣一個時間限制，因知其作序時必在寶祐五年之後，而辛肅刊印的《辛稼軒集》問世也必然在此後。按照正常推理，辛稼軒的文集既收詞，就一定會選擇一個收詞最全的本子，而這個本子不可能是十二卷本，而只能是在淳祐之前就已經流傳的那個足本稼軒詞。元代王惲提到了一個《稼軒樂府全集》本，大概這個全集本的源頭，就是淳祐前刻成而被《稼軒集》收入的那個宋刊本。當然，這一點目前只是論證所得，還不能視爲定論。

## 三、明代流行的稼軒詞版本也並非十二卷本或四卷本

明初所編成的《文淵閣書目》卷二，記載了《辛稼軒詞》四種：即一部二册一種，一部三册一種，和一部四册二種。在詞家類目録中，稼軒詞版本之多，所收之全，是其他詞

集所不能比擬的，這説明稼軒詞在明代流傳之廣。但細研究這並不記載卷數和具體書名的稼軒詞，似乎可以認爲，其必包括四卷本、十二卷本和全集本這三種版本。而全集本亦即足本在其中應有兩種。

明初有兩種類書收録稼軒詞，一種即《永樂大典》，另一種爲《詩淵》。今稼軒詞有部分佚詞出自《永樂大典》殘本，《生查子》（百花頭上開閿）出自《永樂大典》卷三八一〇梅字韻，《好事近》（日日過西湖閿）出自《永樂大典》卷二二六五湖字韻。兩首佚詞既均不見於四卷本和十二卷本，必出自稼軒詞的全集本。辛啓泰《稼軒集鈔存》尚有三十三首稼軒佚詞，採輯者法式善是從《永樂大典》各韻中採得的，但《大典》今日僅餘八百餘卷，無從查證這三十三首詞出自《大典》何卷何韻。

《詩淵》所收稼軒詞，有三首不見於今各本：《水調歌頭》（簪履競晴晝閿）見於影印本《詩淵》第四五一六頁；《感皇恩》（露染武夷秋閿）見於第四五七四頁；《蔦山溪》（畫堂簾卷閿）見於四五三七頁。這可見，《詩淵》所收稼軒詞，也全部來自稼軒詞的足本，而非四卷本或十二卷本。

《永樂大典》絶大多數卷册散佚，因而對於考證稼軒詞版本來説，並不能提供最有力的證據。但殘存者確也足以證明其版本出自十二卷本和四卷本之外。《大典》卷九七六三和九七六六巖字韻引録了稼軒的《定風波・用藥名賦招馬荀仲遊雨巖》、《滿江紅・遊南巖和范廓之韻賦》兩詞，其出處均題署爲《辛稼軒集》，這兩詞雖因字句與四卷本、十二卷本並無差異，不能證明其與二本的異同，但僅因其所注明的是稼軒文集，便足以與二本加以區別了。

而《大典》卷二二六五湖字韻引録稼軒《念奴嬌》（晚風吹雨闋）詞，其與十二卷本相異的詞句有：「慣聽笙歌席」，十二卷本作「慣趁笙歌席」；「看公一飲千石」，十二卷本作「看君一飲千石」。與四卷本相異的詞句有：「雲錦周遭紅碧」，四卷本作「雲錦紅涵湖碧」；「已作飛仙伯」，四卷本作「老作飛仙伯」。這些異文却與宋代《絶妙詞選》本的異文大致相同，表明《大典》所採用的本子，與《絶妙詞選》所採用的本子應爲同一系列。

《詩淵》影印本第六册收録稼軒詞十四首，除三首不見今本外，其餘十一首中，有六首與今十二卷本或四卷本詞句有所不同。如《水調歌頭》（上古八千歲闋），「冠蓋擁龍樓」與十二卷本同，而與四卷本「冠佩擁龍樓」異；《水龍吟》（渡江天馬南來闋），「君知否」與十二卷本的「公知否」異，而與四卷本相同；《沁園春》（甲子相高闋），「方頭鬚傑」從十二卷本，而與四卷本「方頭鬚磔」異；

《感皇恩》（春事到清明闋），「春色年年依舊」、「更持金盞起」，皆從十二卷本，而與四卷本「年年如舊」、「更持銀盞起」有異；

《感皇恩》（七十古來稀闋），「偏奈歲寒霜操」一句，十二卷本作「偏耐雪寒霜曉」，四卷本作「偏耐雲寒霜冷」；「但看雙鬢底」一句，十二卷本與四卷本俱作「看君雙鬢底」；「庭闈喜笑」一句，兩本俱作「庭闈嬉笑」；「更有一百歲」一句，兩本俱作「更看一百歲」；

《瑞鶴仙》（黄金堆到斗闋），「被嫦娥做了殷勤」一句，十二卷本、四卷本「嫦娥」俱作「姮娥」；而《絶妙詞選》本正作「常娥」，常娥即嫦娥，可知此本與《詞選》本必是同一系列版本。

以上論證了明初《永樂大典》和《詩淵》兩種類書所引録的稼軒詞與流傳的十二卷本、四卷本之間的差異，一是多收佚詞，二是詞句多有差異，表明在明初確有與十二卷本或四卷本不同的稼軒詞版本在世間流行，其即稼軒詞的足本或《辛稼軒集》本。

明代還有另外一種詞的總集收録了較多稼軒詞，它就是陳耀文所編撰的《花草粹編》二十二卷。陳耀文爲萬曆二十六年（一五九八）進士，則此書編成於明代中後期無疑。此書收録稼軒詞二十三首，其中一首不見於今各本稼軒詞，即卷一〇所收録的《杏花天》一詞（詞調原誤作《杏花風》）：

軟波拖碧蒲芽短，畫樓外花晴柳暖。今年自是清明晚，便覺芳情較嬾。春衫瘦東風剪剪，過花塢香吹醉面。歸來立馬斜陽岸，隔水歌聲一片。

這首詞於題下注作者爲「稼軒」，然而却不是辛稼軒的詞，而是史達祖所作，這在史達祖的《梅溪詞》或《花庵詞選》續集卷七中無不如此，應無疑問。

《花草粹編》本稼軒詞的版本同上引宋刊本《草堂詩餘》、《全芳備祖》、《古今合璧事類備要》及《絶妙詞選》基本上是同一系列的本子。例如，卷九所載《浪淘沙》（不肯過江東闋）有句云：「舜目重瞳堪痛恨，羽又重瞳。」「目」字十二卷本、四卷本俱作「蓋」，而《全芳備祖》却作「目」；

卷一〇所載《鷓鴣天》（枕簟溪堂冷欲秋闋）有句云：「紅蓮相倚深如怨，白鳥無言定是愁。」此與《草堂詩餘》所引全同，而十二卷本、四卷本却是「紅蓮相倚渾如醉，白鳥無言定自愁。」

卷一五《祝英臺近》（寶釵分闋）有句云：「陌上層樓，十日九風雨。斷腸點點飛紅，都無人管，倩誰唤流鶯聲住？」而十二卷本、四卷本「陌上」作「怕上」，「點點」作「片片」，「倩誰唤」十二卷本作「更誰勸」，四卷本作「倩誰唤」；《草堂詩餘》所引除「倩誰唤」作

「倩誰勸」外，餘均同；《絶妙詞選》則「點點」、「倩誰喚」俱同此本；
另外，此本所收録的稼軒詞，多有爲其他宋詞選本所未收者，但其中某些詞句與十二卷本和四卷本又各不相同，其間的意義頗值得關注。例如，此書卷七載《山花子》（總把平生入醉鄉闋），有「大都三萬六千觴」、「微有些寒春雨好」等句，十二卷本、四卷本的詞調爲「添字浣溪沙」，而異文作「六千場」、「微有寒些」；
卷一一《瑞鷓鴣》（膠膠擾擾幾時休闋），有「秋水觀中秋月夜」、「那堪愁上又添愁」句，而十二卷本異文則作「山月夜」、和「更添愁」；
卷一二《錦帳春》（春色難留闋），有「把舊恨新愁相間」和「翠屏遠」句，而十二卷本和四卷本異文俱作「更舊恨」和「翠屏平遠」；
卷一六《最高樓》（吾衰矣闋），最後數句爲「咄豚奴，愁産業，豈佳兒」，這和十二卷本及四卷本作「便休休，更説甚，是和非」相去甚遠；
卷一七《滿江紅》（點火櫻桃闋），有句爲「抱古今遺恨」，十二卷本「抱」作「把」；
卷一八《水調歌頭》（落日古城角闋），有句爲「和風載離愁」，十二卷本作「和月載離愁」。
《花草粹編》所依據的稼軒詞本異於十二卷本和四卷本的文字，王詔校刊本曾據以校訂元大德十二卷本。如前舉「微有些寒」、「咄豚奴」等句，都曾被王詔校刊本作爲依據改正大德本。而後出的毛晉《宋六十名家詞》中的四卷本《稼軒詞》，所異於十二卷本的地方，則都是依據王詔校刊本。我曾在增訂本《稼軒詞編年箋注》卷三《最高樓·吾擬乞歸犬子以田産未置止我賦此罵之》（吾衰矣闋）的校語中增加了幾句話：「王詔校刊本及《六十家詞》本，末三句俱作『咄豚奴，愁産業，豈佳兒』，當是後人以詞中未有『罵』之内容而妄改。」這一論證是不確切的。從《花草粹編》所載録的稼軒此詞看，宋代全集本稼軒詞就應作「咄豚奴」三句，倒是當時流傳的其他本子如四卷本及十二卷本，因此三句罵語頗不雅致，而改成了「更休休」三句，可見王詔校刊本和《六十家詞》本僅僅是根據他本訂正原本而已，並不是全憑己意而擅改古書。（二〇〇五年第三期《中國典籍與文化》，收入《辛棄疾研究叢稿》。）

# 附録五　稼軒詞廣信書院本和四卷本原目次

## 一、元大德廣信書院本

### 卷一

又（高閣臨江渚）
又（鳳尾龍番撥）
又（柳暗凌波路）
又（把酒長亭説）
又（老大那堪説）
又（細把君詩説）
又（翠浪吞平野）
又（覓句如東野）
又（碧海桑成野）
又（緑樹聽鵜鴂）
又（下馬東山路）
又（曾與東山約）
又（拄杖重來約）
又（聽我三章約）
又（甚矣吾衰矣）

又（鳥倦飛還矣）
又（路入門前柳）
又（肘後俄生柳）
又（濮上看垂釣）
又（逸氣軒眉宇）

## 卷二

念奴嬌（野棠花落）
又（我來弔古）
又（晚風吹雨）
又（兔園舊賞）
又（近來何處）
又（少年横槊）
又（對花何似）
又（風狂雨横）
又（江南盡處）

又（疏疏淡淡）
又（倘來軒冕）
又（道人元是）
又（洞庭春晚）
又（看公風骨）
又（爲沽美酒）
又（龍山何處）
又（君詩好處）
又（未須草草）
又（是誰調護）
沁園春（三徑初成）
又（佇立瀟湘）
又（老子平生）
又（有美人兮）
又（我試評君）

又（我醉狂吟）
又（疊嶂西馳）
又（有酒忘杯）
又（一水西來）
又（杯汝來前）
又（杯汝知乎）
又（甲子相高）
又（我見君來）

卷三

水調歌頭（落日塞塵起）
又（落日古城角）
又（我飲不須勸）
又（折盡武昌柳）
又（帶湖吾甚愛）
又（白日射金闕）

又（寄我五雲字）

又（官事未易了）

又（千里渥洼種）

又（造物故豪縱）

又（今日復何日）

又（千古老蟾口）

又（君莫賦幽憤）

又（上界足官府）

又（上古八千歲）

又（萬事到白髮）

又（酒罷且勿起）

又（寒食不小住）

又（文字覷天巧）

又（頭白齒牙缺）

又（日月如磨蟻）

又（相公倦台鼎）
又（長恨復長恨）
又（木末翠樓出）
又（説與西湖客）
又（萬事一杯酒）
又（四座且勿語）
又（十里深窈窕）
又（歲歲有黄菊）
又（唤起子陸子）
又（淵明最愛菊）
又（我亦卜居者）
又（我志在寥廓）
又（萬事幾時足）
又（高馬勿捶面）
玉蝴蝶（古道行人來去）

## 卷四

又（直節堂堂）
又（照影溪梅）
又（天與文章）
又（瘴雨蠻煙）
又（蜀道登天）
又（湖海平生）
又（塵土西風）
又（笑拍洪崖）
又（天上飛瓊）
又（曲几團蒲）
又（莫折荼蘼）
又（絶代佳人）
又（紫陌飛塵）
又（宿酒醒時）
又（漢節東南）

## 卷五

又（倚欄看碧成朱）
又（補陀大士虚空）
又（稼軒何必長貧）
又（被公驚倒瓢泉）
又（聽兮清珮瓊瑶些）
又（舉頭西北浮雲）
又（昔時曾有佳人）
又（只愁風雨重陽）
又（老來曾識淵明）
摸魚兒（更能消幾番風雨）
又（望飛來半空鷗鷺）
山鬼謡（問何年此山來此）
西河（西江水）
永遇樂（紫陌長安）
又（怪底寒梅）

又（烈日秋霜）

又（投老空山）

又（千古江山）

歸朝歡（山下千林花太俗）

又（萬里康成西走蜀）

又（我笑共工緣底怒）

又（見説岷峨千古雪）

一枝花（千丈擎天手）

喜遷鶯（暑風涼月）

瑞鶴仙（黄金堆到斗）

又（雁霜塞透幕）

又（片帆何太急）

聲聲慢（征埃成陣）

又（開元盛日）

又（東南形勝）

卷六

又（西崦斜陽）
六幺令（酒羣花隊）
又（倒冠一笑）
醉翁操（長松之風）
醜奴兒近（千峰雲起）
洞仙歌（江頭父老）
又（冰姿玉骨）
又（飛流萬壑）
又（松關桂嶺）
又（婆娑欲舞）
又（舊交貧賤）
又（賢愚相去）
驀山溪（小橋流水）
又（飯蔬飲水）
最高樓（長安道）

卷七

又（玉簫聲遠憶驂鸞）
又（寶釵飛鳳鬢驚鸞）
又（梅梅柳柳鬥纖穠）
又（一川松竹任横斜）
又（簟鋪湘竹帳籠紗）
又（亂雲擾擾水潺潺）
又（暗香横路雪垂垂）
又（看君人物漢西都）
又（兩輪屋角走如梭）
又（五雲高處望西清）
青玉案（東風夜放花千樹）
感皇恩（春事到清明）
又（七十古來稀）
又（案上數編書）
又（富貴不須論）

## 卷八

又（春到蓬壺特地晴）
又（聽我尊前醉後歌）
又（少日猶堪話别離）
又（莫望中州歎黍離）
又（金印纍纍佩陸離）
又（百紫千紅過了春）
又（野草閑花不當春）
破陣子（擲地劉郎玉斗）
又（醉裏挑燈看劍）
又（少日春風滿眼）
又（菩薩叢中惠眼）
又（宿麥畦中雉鷕）
臨江仙（老去惜花心已嬾）
又（莫向空山吹玉笛）
又（鐘鼎山林都是夢）

又（小靨人憐都惡瘦）

又（逗曉鶯啼聲昵昵）

又（風雨催春寒食近）

又（住世都知菩薩行）

又（記取年年爲壽客）

又（春色饒君白髮了）

又（金谷無煙宫樹緑）

又（手種門前烏桕樹）

又（手撚黄花無意緒）

又（憶醉三山芳樹下）

又（冷雁寒雲渠有恨）

又（一自酒情詩興嬾）

又（夜語南堂新瓦響）

又（六十三年無限事）

又（窄樣金杯教换了）

又（莫笑吾家蒼壁小）
又（鼓子花開春爛熳）
又（醉帽吟鞭花不住）
又（祇恐牡丹留不住）
又（老去渾身無着處）
又（偶向停雲堂上坐）
蝶戀花（老去怕尋年少伴）
又（點檢笙歌多釀酒）
又（淚眼送君傾似雨）
又（小小年華纔月半）
又（莫向樓頭聽漏點）
又（燕語鶯啼人乍遠）
又（衰草斜陽三萬頃）
又（誰向椒盤簪綵勝）
又（九畹芳菲蘭佩好）

又（意態憨生元自好）
又（洗盡機心隨法喜）
又（何物能令公怒喜）
小重山（旋製離歌唱未成）
又（綠漲連雲翠拂空）
又（倩得薰風染綠衣）
南鄉子（隔户語春鶯）
又（攲枕艫聲邊）
又（無處着春光）
又（日日老萊衣）
又（何處望神州）

卷九

鷓鴣天（聚散匆匆不偶然）
又（別恨妝成白髮新）
又（尊俎風流有幾人）

又（晚日寒鴉一片愁）
又（陌上柔桑破嫩芽）
又（撲面征塵去路遥）
又（唱徹陽關淚未乾）
又（一榻清風殿影涼）
又（枕簟溪堂冷欲秋）
又（指點齋尊特地開）
又（着意尋春嬾便回）
又（翠木千尋上薜蘿）
又（困不成眠奈夜何）
又（夢斷京華故倦遊）
又（趁得春風汗漫遊）
又（千丈陰崖百丈溪）
又（莫上扁舟訪剡溪）
又（戲馬臺前秋雁飛）

又（有甚閑愁可皺眉）
又（白苧新袍入嫩涼）
又（一夜清霜變鬢絲）
又（莫避春陰上馬遲）
又（木落山高一夜霜）
又（水底明霞十頃光）
又（山上飛泉萬斛珠）
又（漠漠輕陰撥不開）
又（句裏春風正剪裁）
又（千丈冰溪百步雷）
又（雞鴨成羣晚未收）
又（春日平原薺菜花）
又（水荇參差動緑波）
又（石壁虛雲積漸高）
又（敧枕婆娑兩鬢霜）

又（掩鼻人間臭腐腸）
又（翰墨諸公久擅場）
又（自古高人最可嗟）
又（拋却山中詩酒窠）
又（點盡蒼苔色欲空）
又（病繞梅花酒不空）
又（桃李漫山過眼空）
又（出處從來自不齊）
又（晚歲躬耕不怨貧）
又（髮底青青無限春）
又（老退何曾説着官）
又（緑鬢都無白髮侵）
又（泉上長吟我獨清）
又（不向長安路上行）
又（老病那堪歲月侵）

又（壯歲旌旗擁萬夫）
又（點斷雕欄只一株）
又（翠蓋牙籤幾百株）
又（濃紫深黄一畫圖）
又（去歲君家把酒杯）
又（上巳風光好放懷）
又（是處移花是處開）
又（莫殢春光花下遊）
又（誰共春光管日華）
又（歎息頻年廩未高）
又（秋水長廊水石間）
又（萬事紛紛一笑中）
瑞鷓鴣（暮年不賦短長詞）
又（聲名少日畏人知）
又（膠膠擾擾幾時休）

又（江頭日日打頭風）

又（期思溪上日千回）

卷一〇

玉樓春（往年龍蹤堂前路）

又（少年才把笙歌餞）

又（狂歌擊碎村醪餞）

又（君如九醖臺粘餞）

又（山行日日妨風雨）

又（人間反覆成雲雨）

又（何人半夜推山去）

又（青山不解乘雲去）

又（無心雲自來還去）

又（瘦筇倦作登高去）

又（風前欲勸春光住）

又（三三兩兩誰家婦）

又（悠悠莫向文山去）

又（有無一理誰差別）

又（客來底事逢迎晚）

又（琵琶亭畔多芳草）

又（江頭一帶斜陽樹）

鵲橋仙（朱顔暈酒）

又（小窗風雨）

又（豸冠風采）

又（松岡避暑）

又（八旬慶會）

又（溪邊白鷺）

又（少年風月）

西江月（千丈懸崖削翠）

又（秀骨青松不老）

又（宫粉厭塗嬌額）

又（風月亭危致爽）
又（且對東君痛飲）
又（貪數明朝重九）
又（明月別枝驚鵲）
又（剩欲讀書已嬾）
又（金粟如來出世）
又（畫棟新垂簾幕）
又（醉裏且貪歡笑）
又（八萬四千偈後）
又（一柱中擎遠碧）
又（萬事雲煙忽過）
又（粉面都成醉夢）
朝中措（藍輿嫋嫋破重岡）
又（緑萍池沼絮飛忙）
又（夜深殘月過山房）

## 卷一一

又（送君直上金鑾殿）
又（人間歲月堂堂去）
又（香浮乳酪玻璃盌）
又（阮琴斜掛香羅綬）
又（紅牙籤上羣仙格）
又（旌旗依舊長亭路）
又（萬金不换囊中術）
又（看燈元是菩提葉）
又（游人占却巖中屋）
又（君家玉雪花如屋）
又（葛巾自向滄浪濯）
卜算子（修竹翠羅寒）
又（紅粉靚梳妝）
又（欲行且起行）
又（盜跖倘名丘）

又（一以我爲牛）
又（夜雨醉瓜廬）
又（珠玉作泥沙）
又（千古李將軍）
又（百郡怯登車）
又（萬里籋浮雲）
又（剛者不堅牢）
又（一箇去學仙）
又（一飲動連宵）
醜奴兒（晚來雲淡秋光薄）
又（尋常中酒扶頭後）
又（煙迷露麥荒池柳）
又（此生自斷天休問）
又（少年不識愁滋味）
又（近來愁似天來大）

又（鵝湖山下長亭路）

又（年年索盡梅花笑）

浣溪沙（未到山前騎馬回）

又（寸步人間百尺樓）

又（壽酒同斟喜有餘）

又（新葺茅簷次第成）

又（細聽春山杜宇啼）

又（北隴田高踏水頻）

又（花向今朝粉面勻）

又（歌串如珠箇箇勻）

又（父老爭言雨水勻）

又（這裏裁詩話別離）

又（臺倚崩崖玉滅瘢）

又（妙手都無斧鑿瘢）

又（草木於人也作疏）

又(百世孤芳肯自媒)
又(梅子生時到幾回)
添字浣溪沙(豔杏妖桃兩行排)
又(句裏明珠字字排)
又(記得瓢泉快活時)
又(日日閑看燕子飛)
又(酒面低迷翠被重)
又(總把平生入醉鄉)
又(楊柳温柔是故鄉)
又(强欲加餐竟未佳)
虞美人(羣花泣盡朝來露)
又(翠屏羅幕遮前後)
又(一杯莫落他人後)
又(當年得意如芳草)
浪淘沙(身世酒杯中)

## 卷一二

又（論公耆德舊宗英）
東坡引（玉纖彈舊怨）
又（君如梁上燕）
又（花梢紅未足）
夜游宮（幾箇相知可喜）
戀繡衾（夜長偏冷添被兒）
杏花天（病來自是於春嬾）
又（牡丹昨夜方開徧）
又（牡丹比得誰顔色）
唐河傳（春水）
醉花陰（黄花謾説年年好）
品令（更休説）
惜分飛（翡翠樓前芳草路）
柳梢青（姚魏名流）
又（白鳥相迎）

又（莫鍊丹難）
河瀆神（芳草綠萋萋）
武陵春（桃李風前多嫵媚）
又（走去走來三百里）
謁金門（遮素月）
又（山吐月）
又（歸去未）
酒泉子（流水無情）
霜天曉角（吴頭楚尾）
又（暮山層碧）
點絳唇（隱隱輕雷）
又（身後虚名）
生查子（昨宵醉裹行）
又（誰傾滄海珠）
又（去年燕子來）

又（溪邊照影行）
又（青山招不來）
又（青山非不佳）
又（高人千丈崖）
又（漫天春雪來）
又（梅子褪花時）
又（悠悠萬世功）
尋芳草（有得許多淚）
阮郎歸（山前燈火欲黄昏）
昭君怨（長記瀟湘秋晚）
又（夜雨剪裁春韭）
又（人面不如花面）
烏夜啼（江頭醉倒山公）
又（人言我不如公）
又（晚花露葉風條）

一落索（羞見鑑鸞孤却）
又（錦帳如雲處高）
如夢令（燕子幾曾歸去）
憶王孫（登山臨水送將歸）

## 二、四卷本

### 甲集

摸魚兒（更能消幾番風雨）
又（望飛來半空鷗鷺）
沁園春（三徑初成）
又（佇立瀟湘）
水龍吟（渡江天馬南來）
又（玉皇殿閣微涼）
又（楚天千里清秋）

又（造物故豪縱）
又（落日塞塵起）
又（萬事到白髮）
又（上古八千歲）
賀新郎（雲卧衣裳冷）
念奴嬌（兔園舊賞）
又（對花何似）
又（我來弔古）
又（野棠花落）
又（晚風吹雨）
又（近來何處）
新荷葉（人已歸來）
又（春色如愁）
最高樓（長安道）
又（西園買）

又（唱徹陽關淚未乾）
又（撲面征塵去路遥）
又（枕簟溪堂冷欲秋）
醜奴兒（千峰雲起）
蝶戀花（衰草斜陽三萬頃）
又（點檢笙歌多釀酒）
又（九畹芳菲蘭佩好）
又（小小年華纔月半）
定風波（少日春懷似酒濃）
臨江仙（老去惜花心已嬾）
又（莫向空山吹玉笛）
又（鐘鼎山林都是夢）
菩薩蠻（稼軒日向兒童説）
又（鬱孤臺下清江水）
又（無情最是江頭柳）

又（青山欲共高人語）
又（香浮乳酪玻璃盌）
西河（西江水）
木蘭花慢（漢中開漢業）
又（老來情味減）
朝中措（緑萍池沼絮飛忙）
又（籃輿嫋嫋破重岡）
祝英臺令（寶釵分）
烏夜啼（江頭醉倒山公）
又（人言我不如公）
鵲橋仙（朱顏暈酒）
太常引（君王著意履聲間）
昭君怨（長記瀟湘秋晚）
採桑子（煙迷露麥荒池柳）
杏花天（病來自是於春嬾）

又（斷崖修竹）
又（繞牀饑鼠）
又（連雲松竹）
生查子（昨宵醉裏行）
又（誰傾滄海珠）
山鬼謡（問何年此山來此）
聲聲慢（征埃成陣）
滿江紅（直節堂堂）
又（照影溪梅）
又（可恨東君）
又（塵土西風）
又（天上飛瓊）
又（折盡荼蘼）
又（天與文章）

## 乙集

又（上界足官府）
念奴嬌（少年握槊）
又（倘來軒冕）
又（道人元是）
又（江南盡處）
又（疏疏淡淡）
水龍吟（斷崖千丈孤松）
又（倚欄看朱成碧）
又（補陀大士虚空）
又（稼軒何必長貧）
又（聽兮清珮瓊瑶些）
最高樓（相思苦）
又（吾衰矣）
又（花好處）
又（金閨老）

瑞鶴仙（黄金堆到斗）
漢宫春（行李溪頭）
沁園春（有酒忘杯）
又（一水西來）
歸朝歡（我笑共工緣底怒）
水龍吟（舉頭西北浮雲）
又（只愁風雨重陽）
卜算子（百郡怯登車）
江神子（梨花著雨晚來晴）
又（寶釵飛鳳鬢驚鸞）
鷓鴣天（著意尋春嬾便回）
又（水底明霞十頃光）
又（漠漠□陰撥不開）
又（有甚閑愁可皺眉）
又（山上飛泉萬斛珠）

又（莫避春陰上馬遲）
又（白苧新袍入嫩涼）
又（莫上扁舟向剡溪）
又（千丈陰崖百丈溪）
又（陌上柔桑初破芽）
又（春日平原薺菜花）
又（千丈清溪百步雷）
又（攲枕婆娑兩鬢霜）
西江月（明月別枝驚鵲）
菩薩蠻（淡黄弓樣鞋兒小）
又（錦書誰寄相思語）
又（阮琴斜掛香羅綬）
朝中措（年年金蕊豔秋風）
鵲橋仙（小窗風雨）
又（松岡避雨）

臨江仙（風雨催春寒食近）
又（住世都無菩薩行）
定風波（山路風來草木香）
又（聽我尊前醉後歌）
又（仄月高寒水石鄉）
又（昨夜山公倒載歸）
又（春到蓬壺特地晴）
又（百紫千紅過了春）
浣溪沙（儂是嶔崎可笑人）
又（梅子熟時到幾回）
又（百世孤芳肯自媒）
又（未到山前騎馬回）
杏花天（牡丹比得誰顏色）
鵲橋仙（風流標格）
又（八旬慶會）

又（豸冠風采）
又（轎兒排了）
虞美人（一盃莫落吾人後）
又（翠屏羅幕遮前後）
又（夜深困倚屏風後）
又（羣花泣盡朝來露）
蝶戀花（意態憨生元自好）
又（誰向椒盤簪綵勝）
又（老去怕尋年少伴）
又（莫向樓頭聽漏點）
感皇恩（七十古來稀）
一枝花（千丈擎天手）
永遇樂（紫陌長安）
御街行（山城甲子冥冥雨）
又（闌干四面山無數）

生查子（溪邊照影）
漁家傲（道德文章傳幾世）
好事近（綵勝鬥華燈）
又（和淚唱陽關）
行香子（歸去來兮）
南歌子（玄入參同契）
又（世事從頭減）
清平樂（此身長健）
又（詩書萬卷）
又（清泉奔快）
浪淘沙（金玉舊情懷）
又（不肯過江東）
虞美人（當年得意如芳草）
新荷葉（物盛還衰）
生查子（青山非不佳）

西江月（宫粉厭塗嬌額）
糖多令（淑景鬥清明）
王孫信（有得許多淚）
一剪梅（記得同燒此夜香）
又（獨立蒼茫醉不歸）
玉樓春（往年龍嵸堂前路）
又（山行日日妨風雨）
又（人間反覆成雲雨）
南鄉子（好箇主人家）
又（隔户語春鶯）
憶王孫（登山臨水送將歸）
柳梢青（姚魏名流）
惜分飛（翡翠樓前芳草路）

## 丙集

六州歌頭（西湖萬頃）

又（晨來問疾）
滿江紅（宿酒醒時）
又（幾箇輕鷗）
永遇樂（投老空山）
蘭陵王（一丘壑）
鷓山溪（飯蔬飲水）
又（小橋流水）
滿庭芳（傾國無媒）
又（西崦斜陽）
最高樓（花知否）
又（君聽取）
江神子（亂雲擾擾水潺潺）
木蘭花慢（路傍人怪問）
又（舊時樓上客）
又（可憐今夕月）

聲聲慢（停雲靄靄）
八聲甘州（故將軍飲罷夜歸來）
水調歌頭（相公倦台鼎）
又（長恨復長恨）
又（我亦卜居者）
又（四坐且勿語）
水龍吟（昔時曾有佳人）
賀新郎（翠浪吞平野）
又（覓句如東野）
又（緑樹聽鵜鴂）
又（甚矣吾衰矣）
沁園春（我見君來）
又（杯汝來前）
又（杯汝知乎）
哨遍（蝸角鬥争）

又（一壑自專）
念奴嬌（未須草草）
又（爲沽美酒）
感皇恩（富貴不須論）
又（案上數編書）
又（七十古來稀）
南鄉子（無處著春光）
小重山（綠漲連雲翠拂空）
婆羅門引（落花時節）
又（綠陰啼鳥）
又（落星萬點）
行香子（好雨當春）
又（白露園蔬）
又（雲岫如簪）
粉蝶兒（昨日春如十三女兒學繡）

錦帳春（春色難留）
夜遊宫（幾箇相知可喜）
浪淘沙（身世酒杯中）
唐河傳（春水千里）
西江月（人道偏宜歌舞）
又（萬事雲煙忽過）
醜奴兒（少年不識愁滋味）
破陣子（少日春風滿眼）
又（宿麥畦中雉鷕）
定風波（少日猶堪話别離）
又（莫望中州歎黍離）
踏莎行（進退存亡）
漢宫春（春已歸來）
歸朝歡（山下千林花太俗）
玉蝴蝶（古道行人來去）

雨中花慢（舊雨常來）
臨江仙（一自酒情詩興嬾）
又（鼓子花開春爛漫）
玉樓春（三三兩兩誰家女）
南歌子（散髮披襟處）
品令（更休説）
武陵春（桃李風前多嫵媚）
鷓鴣天（聚散匆匆不偶然）
又（翰墨諸君久擅場）
又（萬事紛紛一笑中）
又（點盡蒼苔色欲空）
又（病繞梅花酒不空）
又（句裏春風正剪裁）
又（石壁虚雲積漸高）
又（自古高人最可嗟）

又（掩鼻人間臭腐腸）
又（誰共春光管日華）
又（占斷雕欄只一株）
又（翠蓋牙籤幾百株）
又（濃紫深紅一畫圖）
又（老病那堪歲月侵）
又（雞鴨成羣晚不收）
又（不向長安路上行）
又（是處移花是處開）
浣溪沙（寸步人間百尺樓）
又（細聽春山杜宇啼）
又（草木於人也作疏）
又（豔杏夭桃兩行排）
又（酒面低迷翠被重）
又（彊欲加餐竟未佳）

又（新葺茅簷次第成）
又（花向今朝粉面勾）
又（臺倚崩崖玉滅瘢）
又（總把平生入醉鄉）
又（北隴田高踏水頻）
新荷葉（曲水流觴）
生查子（漫天春雪來）
又（去年燕子來）
昭君怨（人面不如花面）
烏夜啼（晚花露葉風條）
朝中措（年年團扇怨秋風）
又（夜深殘月過山房）
河瀆神（芳草綠萋萋）
太常引（一輪秋影轉金波）
清平樂（少年痛飲）

## 丁集

又（拄杖重來約）
又（聽我三章約）
又（高閣臨江渚）
水龍吟（老來曾識淵明）
又（被公驚倒瓢泉）
水調歌頭（木末翠樓出）
又（萬事幾時足）
又（喚起子陸子）
又（十里深窈窕）
又（高馬勿捶面）
又（我志在寥闊）
念奴嬌（看公風骨）
又（龍山何處）
又（君詩好處）
新荷葉（曲水流觴）

又（月明秋曉）
醉翁操（長松）
西江月（秀骨青松不老）
醜奴兒（鵝湖山下長亭路）
破陣子（擲地劉郎玉斗）
又（醉裏挑燈看劍）
千年調（左手把青霓）
祝英臺近（水縱横）
又（緑楊堤）
江神子（看君人物漢西都）
清平樂（雲煙草樹）
臨江仙（莫笑吾家蒼壁小）
又（記取年年爲壽客）
又（憶醉三山芳樹下）
又（夜雨南堂新瓦響）

南鄉子（日日老萊衣）
玉樓春（有無一理誰差別）
又（客來底事逢迎晚）
又（何人半夜推山去）
又（青山不會乘雲去）
又（少年才把笙歌）
又（君如九醞臺黏）
又（狂歌擊醉村醪）
鷓鴣天（趁得東風汗漫游）
又（歎自頻年廪未高）
又（戲馬臺前秋雁飛）
又（水荇參差動緑波）
又（出處從來自不齊）
又（秋水長廊水石間）
又（壯歲旌旗擁萬夫）

又（上巳風光好放懷）
又（去歲君家把酒杯）
鵲橋仙（溪邊白鷺）
西江月（畫棟新垂簾幕）
又（風月亭危致爽）
又（貪數明朝重九）
又（醉裏且貪歡笑）
又（一柱中擎遠碧）
又（堂上謀臣帷幄）
生查子（青山招不來）
又（高人千丈崖）
卜算子（盜跖倘名丘）
又（一箇去學仙）
又（一飲動連宵）
又（剛者不堅牢）

又（一以我爲牛）
又（夜雨醉瓜廬）
又（珠玉作泥沙）
又（千古李將軍）

# 附録六　本書所收補遺詞及輯佚詩目次

## 一、補遺詞

生查子（一天霜月明）
滿江紅（老子當年）
菩薩蠻（與君欲赴西樓約）
一剪梅（塵灑衣裾客路長）
又（歌罷尊空月墜西）

念奴嬌（西真姊妹）
又（論心論相）
又（妙齡秀發）
江城子（留仙初試砑羅裙）
惜奴嬌（風骨蕭然）
眼兒媚（煙花叢裏不宜他）
如夢令（勝仙風縹緲）
鷓鴣天（剪燭西窗夜未闌）
踏莎行（萱草齊階）
出塞（鶯未老）
謁金門（山共水）
好事近（春動酒旗風）
又（花月賞心天）
又（春意滿西湖）
水調歌頭（客子久不到）

又（泰嶽倚空碧）
賀新郎（世路風波惡）
漁家傲（風月小齋模畫舫）
霜天曉角（雪堂遷客）
蘇武慢（帳暖金絲）
緑頭鴨（歎飄零）
烏夜啼（江頭三月清明）
品令（迢迢征路）以上俱《稼軒詞補遺》
好事近（醫者索酬勞）《清波别志》卷下
金菊對芙蓉（遠水生光）《草堂詩餘》後集卷下
賀新郎（瑞氣籠清曉）《類編草堂詩餘》卷四
沁園春（西浙悠悠）〔嘉靖〕《鉛山縣志》卷一二
西江月（憶昔錢塘話别）《草堂詩餘》續集卷上、《新編事文類聚翰墨全書》辛集卷八

## 二、輯佚詩

送悟老住明教禪院。悟自廬山避寇，而來寓興之資福，蓋踰年也　（《稼軒集抄存》卷四）

憶李白　（《詩淵》第二八五頁）

江行弔宋齊丘　（《稼軒集抄存》卷四）

和周顯先韻二首　（同上）

送別湖南部曲　（同上、《後村先生大全集》卷一七六《詩話》後集）

有以事來請者，效康節體作詩以答之　（《稼軒集抄存》卷四）

即事二首　（同上）

再用韻　（同上）

偶作　（《永樂大典》卷八九六）

偶題三首　（同上、《詩淵》第三九四九頁）

哭𣍤十五章　（《稼軒集抄存》卷四）

詠雪　（同上）

和趙直中提幹韻　（同上）

和鄭舜舉蔗庵韻　（《詩淵》第三三六六頁）

和任帥見寄之韻三首　（《稼軒集抄存》卷四、《詩淵》第七七九頁）

題鵝湖壁　（《詩淵》第三五八九頁）

和楊民瞻韻　（《稼軒集抄存》卷四）

和人韻　（同上）

黄沙書院　（同上、《詩淵》第三三九八頁）

信筆再和二首　（《稼軒集抄存》卷四）

書淵明詩　（《永樂大典》卷八九六）

即事示兒　（《稼軒集抄存》卷四）

聞科詔勉諸子　（同上）

第四子學《春秋》，發憤不輟，書以勉之　（同上）

遊武夷，作櫂歌呈晦翁十首　（《稼軒集抄存》卷四、《鐵網珊瑚》卷一一、《宋詩紀事

補遺》、《武夷山志》卷七、《詩淵》第三九三一頁至三九三二頁）
仙跡巖　（《詩淵》第二〇八三頁、《武夷山志》卷一一）
壽朱晦翁二首　（《稼軒集抄存》卷四、《詩淵》第四五四九頁）
郡齋懷隱庵二首　（《詩淵》第二八一頁）
書清涼境界壁二首　（《詩淵》第三五九二頁）
醉書其壁二首　（《詩淵》第三五九三頁）
題福州參泉　（《稼軒集抄存》卷四、《詩淵》第二一八一頁）
重午日戲書　（《稼軒集抄存》卷四）
壽趙守　（《詩淵》第四五六一頁）
讀邵堯夫詩　（《永樂大典》卷八九六、《詩淵》第四二二一頁）
再用韻　（《稼軒集抄存》卷四、《詩淵》第四二三一頁）
賦葡萄　（《稼軒集抄存》卷四、《詩淵》第一二〇六頁）
止酒　（《詩淵》第一四九頁）
和趙昌父問訊新居之作　（《稼軒集抄存》卷四、《詩淵》第三五二三頁）
移竹　（《稼軒集抄存》卷四、《詩淵》第二五九三頁）

鶴鳴偶作　（《詩淵》第二八一一頁）

和傅巖叟梅花二首　（《稼軒集抄存》卷四、《詩淵》第一一九二頁）

送劍與傅巖叟　（《詩淵》第一五一二頁）

和諸葛元亮韻　（《稼軒集抄存》卷四）

題金相寺淨照軒詩　（同上）

書壽寧寺壁　（《詩淵》第三七九七頁）

書停雲壁二首　（《詩淵》第三五九二頁）

戲書圓覺經後　（《詩淵》第四一八九頁）

讀圓覺經　（《詩淵》第四一九〇頁）

讀書　（《詩淵》第四一八四頁）

讀語孟二首　（《稼軒集抄存》卷四、《詩淵》第四二四七頁）

再用儒字韻二首　（《稼軒集抄存》卷四）

答余叔良韻　（同上）

蔞蒿宜作河豚羹　（《詩淵》第一五四頁）

吴克明廣文見和，再用韻答之　（《稼軒集抄存》卷四）

和吴克明廣文賦梅　（《詩淵》第一一七七頁）
和前人觀梅雪有懷見寄　（《稼軒集抄存》卷四、《詩淵》第七八六頁）
和人韻　（《稼軒集抄存》卷四）
題前岡周氏敬榮堂　（《稼軒集抄存》卷四、《詩淵》第三三一二頁）
贈申孝子世寧　（《稼軒集抄存》卷四、〔同治〕《鉛山縣志》卷一七）
同杜叔高、祝彦集觀天保庵瀑布，主人留飲兩日，且約牡丹之飲二首　（《稼軒集抄存》卷四）
和郭逢道韻二首　（同上）
玉真書院經德堂　（同上、〔同治〕《安仁縣志》卷七）
和趙晉臣糟蟹　（《詩淵》第一一一六頁）
林貴文買牡丹見贈，至彭村偶題　（《稼軒集抄存》卷四）
和趙國興知録贈琴　（《稼軒集抄存》卷四、《詩淵》第一四四九頁）
和趙茂嘉郎中賦梅　（《詩淵》第一一七七頁）
和趙茂嘉郎中雙頭芍藥二首　（《稼軒集抄存》卷四、《詩淵》第二四一五頁）
壽趙茂嘉郎中二首　（《稼軒集抄存》卷四、《詩淵》第四五二〇頁）

感懷示兒輩　（《稼軒集抄存》卷四）
趙文遠見和，用韻答之　（同上）
傳巖叟見和，用韻答之　（同上）
諸葛元亮見和，復用韻答之　（同上）
佚詩一聯　（《後村先生大全集》卷一八〇《詩話》續集四）
癸亥元日題克己復禮齋　（《稼軒集抄存》卷四、《後村先生大全集》卷一八〇《詩話》續集四、《詩淵》第三二一五頁）
偶題　（《永樂大典》卷八九六、《詩淵》第三九四九頁）
和趙晉臣敷文積翠巖去纇石　（《稼軒集抄存》卷四）
感懷示兒輩　（同上）
和李都統詩　（同上）
和前人韻二首　（同上）
題桃符　（《後村先生大全集》卷一七五《詩話》後集）
丙寅歲，山間競傳諸將有下棘寺者　（《稼軒集抄存》卷四）
丙寅九月二十八日作，明年將告老　（同上）

書鶴鳴亭壁　（《詩淵》第三五九二頁）

鶴鳴亭獨飲　（《稼軒集抄存》卷四）

鶴鳴亭絶句四首　（同上、《詩淵》第三三二七頁）

江郎山和韻　（〔同治〕《江山縣志》卷一）

慶雲橋詩二首　（〔同治〕《衢州府志》卷三、《明一統名勝志·衢州府志勝》卷一〇）

丁卯七月題鶴鳴亭三首　（《稼軒集抄存》卷四、《詩淵》第三三七六頁）

偶作三首　（《永樂大典》卷八九六、《詩淵》第三九四五頁）

# 主要參考書目

## 經部

周易　中華書局影印十三經注疏
易原　宋　程大昌　叢書集成初編
易翼傳　宋　鄭汝諧　文淵閣四庫全書
尚書　中華書局影印十三經注疏
尚書大傳　漢　伏勝　叢書集成初編
禹貢説斷　宋　傅寅　叢書集成初編
毛詩注疏　中華書局影印十三經注疏
韓詩外傳　漢　韓嬰　文淵閣四庫全書
毛詩草木鳥獸蟲魚疏　吴　陸璣　文淵閣四庫全書
詩集傳　宋　蘇轍　文淵閣四庫全書
詩集傳　宋　朱熹　上海古籍出版社排印
毛詩集解　清　李樗　黄櫄　文淵閣四庫全書

詩經稗疏　清　王夫之　文淵閣四庫全書
周禮注疏　中華書局影印十三經注疏
儀禮　中華書局影印十三經注疏
禮記　中華書局影印十三經注疏
大戴禮記　漢　戴德　叢書集成初編
禮記集説　宋　衛湜　文淵閣四庫全書
春秋經解　宋　孫覺　叢書集成初編
春秋集解　宋　吕本中　文淵閣四庫全書
左傳注疏　中華書局影印十三經注疏
左氏博議　宋　吕祖謙　文淵閣四庫全書
公羊傳　中華書局影印十三經注疏
孝經　中華書局影印十三經注疏
經典釋文　唐　陸德明　叢書集成初編
經義考　清　朱彝尊　文淵閣四庫全書
論語注疏　中華書局影印十三經注疏
論語義原　宋　鄭汝諧　叢書集成初編

孟子正義　中華書局影印十三經注疏
樂書　宋　陳暘　文淵閣四庫全書
燕樂考原　清　淩廷勘　叢書集成初編
爾雅注疏　中華書局影印十三經注疏
廣雅　魏　張揖　叢書集成初編
埤雅　宋　陸佃　文淵閣四庫全書
爾雅翼　宋　羅願　文淵閣四庫全書
駢雅　明　朱謀瑋　叢書集成初編
釋名　漢　劉熙　叢書集成初編
説文解字　漢　許慎　叢書集成初編
重修玉篇　梁　顧野王　叢書集成初編
復古編　宋　張有　四部叢刊三編
類篇　宋　司馬光　文淵閣四庫全書
分類字錦　文淵閣四庫全書
古今韻會舉要　元　熊忠　文淵閣四庫全書

## 史部

史記　漢　司馬遷　上海古籍出版社上海書店影印二十五史
史記索隱　唐　司馬貞　文淵閣四庫全書
漢書　漢　班固　上海古籍出版社上海書店影印二十五史
後漢書　南朝宋　范曄　上海古籍出版社上海書店影印二十五史
續後漢書音義　宋　蕭常　文淵閣四庫全書
東觀漢記　漢　劉珍　文淵閣四庫全書
三國志　晉　陳壽　上海古籍出版社上海書店影印二十五史
晉書　唐　房玄齡　上海古籍出版社上海書店影印二十五史
宋書　梁　沈約　上海古籍出版社上海書店影印二十五史
南齊書　梁　蕭子顯　上海古籍出版社上海書店影印二十五史
梁書　唐　姚思廉　上海古籍出版社上海書店影印二十五史
陳書　唐　姚思廉　上海古籍出版社上海書店影印二十五史
魏書　北齊　魏收　上海古籍出版社上海書店影印二十五史
北齊書　唐　李百藥　上海古籍出版社上海書店影印二十五史
周書　唐　令狐德棻　上海古籍出版社上海書店影印二十五史
隋書　唐　魏徵　上海古籍出版社上海書店影印二十五史

南史　唐　李延壽　上海古籍出版社上海書店影印二十五史
北史　唐　李延壽　上海古籍出版社上海書店影印二十五史
舊唐書　後晉　劉昫　上海古籍出版社上海書店影印二十五史
新唐書　宋　歐陽修　宋祁　上海古籍出版社上海書店影印二十五史
舊五代史　宋　薛居正　上海古籍出版社上海書店影印二十五史
新五代史　宋　歐陽修　中華書局一九七九年點校
宋史　元　脱脱　中華書局一九七七年點校
金史　元　脱脱　中華書局一九七五年點校
漢紀　漢　荀悦　文淵閣四庫全書
資治通鑑　宋　司馬光　中華書局點校
通鑑地理通釋　宋　王應麟　叢書集成初編
通鑑釋文辨誤　元　胡三省　文淵閣四庫全書
續資治通鑑長編　宋　李燾　中華書局點校
皇朝中興紀事本末　宋　熊克　北京圖書館影印
建炎以來繫年要録　宋　李心傳　中華書局一九八八年斷句
續宋編年資治通鑑　宋　劉時舉　文淵閣四庫全書

兩朝綱目備要　佚名　中華書局續編兩朝綱目備要點校
宋史全文　佚名　黑龍江人民出版社二〇〇四年點校
皇朝中興兩朝聖政　佚名　續修四庫全書
三朝北盟會編　宋　徐夢莘　上海古籍出版社一九八七年影印
通志　宋　鄭樵　商務印書館萬有文庫十通
大金國志　宋　宇文懋昭　中華書局校證
國語　吴　韋昭　上海古籍出版社一九八八年點校
戰國策　漢　高誘　四部備要
荆川先生右編　明　唐順之　續修四庫全書
錢塘遺事　元　劉一清　上海古籍出版社影印
歷代名臣奏議　明　楊士奇　黄淮　文淵閣四庫全書
古列女傳　漢　劉向　叢書集成初編
高士傳　晉　皇甫謐　叢書集成初編
宋南渡十將傳　宋　章穎　碧琳琅館叢書
紹興十八年同年小録　叢書集成初編
宋名臣言行録　朱熹　李幼武　文淵閣四庫全書

金華賢達傳　明　鄭柏　四庫全書存目叢書
慶元黨禁　佚名　叢書集成初編
京口耆舊傳　宋　劉宰　叢書集成初編
吴中舊事　元　陸友仁　叢書集成初編
敬鄉録　元　吴師道　文淵閣四庫全書
唐才子傳　元　辛文房　叢書集成初編
朱子年譜　清　王懋竑　叢書集成初編
驂鸞録　宋　范成大　中華書局點校范成大筆記六種
吴船録　宋　范成大　中華書局點校范成大筆記六種
入蜀記　宋　陸游　中國書店影印陸放翁全集
吴越春秋　漢　趙曄　岳麓書社點校
華陽國志　晉　常璩　四部叢刊初編
十六國春秋　魏　崔鴻　岳麓書社點校
釣磯立談　佚名　叢書集成初編
江南野史　宋　龍衮　叢書集成初編
江表志　宋　鄭文寶　叢書集成初編

宣和遺事　佚名　叢書集成初編
十國春秋　清　吴任臣　文淵閣四庫全書
南唐書　宋　馬令　叢書集成初編
歲時廣記　宋　陳元靚　叢書集成初編
月令輯要　清　李光地　文淵閣四庫全書
三輔黄圖　佚名　叢書集成初編
太平寰宇記　宋　樂史　文淵閣四庫全書
元豐九域志　宋　王存　文淵閣四庫全書
輿地廣記　宋　歐陽忞　叢書集成初編
方輿勝覽　宋　祝穆　上海古籍出版社點校
輿地紀勝　宋　王象之　中華書局影印
讀史方輿紀要　清　顧祖禹　上海書店影印
明一統志　明　李賢　文淵閣四庫全書
明一統名勝志　四庫全書存目叢書
清一統志　清　和珅　文淵閣四庫全書
吴郡圖經志續記　宋　朱長文　中華書局宋元方志叢刊

乾道四明圖經　中華書局宋元方志叢刊
淳熙三山志　宋　梁克家　中華書局宋元方志叢刊
咸淳臨安志　宋　潛説友　中華書局宋元方志叢刊
長安志　宋　宋敏求　中華書局宋元方志叢刊
吴郡志　宋　范成大　中華書局宋元方志叢刊
嘉泰會稽志　宋　施宿　中華書局宋元方志叢刊
嘉泰吴興志　宋　談鑰　中華書局宋元方志叢刊
寶慶會稽續志　宋　張淏　中華書局宋元方志叢刊
嘉定赤城志　宋　陳耆卿　中華書局宋元方志叢刊
景定嚴州續志　宋　鄭瑶　中華書局宋元方志叢刊
景定建康志　宋　周應合　中華書局宋元方志叢刊
咸淳毗陵志　宋　史能之　中華書局宋元方志叢刊
至元嘉禾志　元　徐碩　中華書局宋元方志叢刊
齊乘　元　于欽　中華書局宋元方志叢刊
至大金陵新志　元　張鉉　中華書局宋元方志叢刊
至順鎮江志　元　俞希魯　中華書局宋元方志叢刊

嘉靖南畿志　明　聞人詮　北京圖書館古籍珍本叢刊
正德姑蘇志　明　王鏊　北京圖書館古籍珍本叢刊
弘治温州府志　明　王瓚　上海社會科學出版社温州文獻叢書
弘治撫州府志　明　楊淵　天一閣藏明代方志選刊續編
正德袁州府志　明　嚴嵩　天一閣藏明代方志選刊
正德新城縣志　明　黄文鷟　天一閣藏明代方志選刊續編
正德江寧縣志　明　劉雨　明刻
嘉靖廣信府志　明　江汝璧　天一閣藏明代方志選刊續編
嘉靖臨江府志　明　楊鈞　天一閣藏明代方志選刊
嘉靖延平府志　明　鄭慶雲　天一閣藏明代方志選刊
嘉靖南安府志　明　劉節　天一閣藏明代方志選刊續編
嘉靖嘉興府圖經紀　明　趙文華　明刻
嘉靖龍溪縣志　明　林魁　天一閣藏明代方志選刊
萬曆福州府志　明　潘頤龍　臺北成文出版社中國方志叢書
萬曆襄陽府志　明　吴道邇　明刻
萬曆金華府志　明　陸鳳儀　臺北成文出版社中國方志叢書

萬曆杭州府志　明　陳善　臺北成文出版社中國方志叢書
萬曆紹興府志　明　張元忭　臺北成文出版社中國方志叢書
康熙濟南府志　清　唐夢賚　清刻本
康熙衢州府志　清　楊廷望　清刻
康熙蕭山縣志　清　蔡時敏　清刻
康熙青田縣志　清　錢喜選　臺北成文出版社中國方志叢書
乾隆歷城縣志　清　李文藻　續修四庫全書
乾隆廣信府志　清　連柱　清刻本
乾隆鉛山縣志　清　蔣垣　清刻本
乾隆上饒縣志　清　程肇豐　故宫珍本叢刊
乾隆廣豐縣志　清　胡光祖　故宫珍本叢刊
乾隆玉山縣志　清　李寶福　故宫珍本叢刊
乾隆龍泉縣志　清　沈光厚　臺北成文出版社中國方志叢書
乾隆鎮江府志　清　朱霖　清刻
嘉慶寧國府志　清　洪亮吉　臺北成文出版社中國方志叢書
嘉慶長沙縣志　清　趙本　中國地方志集成

嘉慶續修鉛山縣志　清　陶廷琡　清刻本
道光豐城縣志　清　毛輝鳳　臺北成文出版社中國方志叢書
道光濟南府志　清　成瓘　中國地方志集成
道光徽州府志　清　夏鑾　臺北成文出版社中國方志叢書
道光江陰縣志　清　李兆洛　臺北成文出版社中國方志叢書
同治饒州府志　清　石景芬　臺北成文出版社中國方志叢書
同治江山縣志　臺北成文出版社中國方志叢書
同治餘干縣志　清　區作霖　臺北成文出版社中國方志叢書
同治玉山縣志　清　吴華辰　臺北成文出版社中國方志叢書
同治上饒縣志　清　吴華辰　中國地方志集成
同治鉛山縣志　清　華祝三　中國地方志集成
同治弋陽縣志　清　汪炳熊　中國地方志集成
同治安仁縣志　清　徐彦楠　中國地方志集成
光緒邵武府志　清　張景　清刻
光緒吉安府志　清　劉繹　臺北成文出版社中國方志叢書
光緒黄州府志　清　鄧琛　清刻

光緒撫州府志　清　謝煌　臺北成文出版社中國方志叢書
光緒滁州志　清　熊祖詒　臺北成文出版社中國方志叢書
光緒惠州府志　清　鄧掄斌　臺北成文出版社中國方志叢書
光緒永嘉縣志　清　王棻　臺北成文出版社中國方志叢書
光緒丹徒縣志　清　吕耀斗　中國地方志集成
光緒永康縣志　清　潘樹棠　民國刻
光緒常山縣志　清　李瑞鍾　臺北成文出版社中國方志叢書
光緒青田縣志　清　王棻　清刻
民國台州府志　喻長霖　臺北成文出版社中國方志叢書
民國續修歷城縣志　毛承霖　中國地方志集成
民國永春縣志　鄭翘松　民國刻
民國建甌縣志　蔡振堅　臺北成文出版社中國方志叢書
民國崇安縣志　鄭豐稔　臺北成文出版社中國方志叢書
侯官縣鄉土志　清　鄭祖庚　清刻
鼓山志　清　釋元賢　四庫全書存目叢書
北固山志　清　周伯義　清鈔本

京口三山志選補　明　霍鎮方　臺北成文出版社中國方志叢書
普陀洛迦新志　王亨彦　浙江攝影出版社
廬山志　毛德琦　四庫全書存目叢書
武夷山志　清　董亮工　續修四庫全書
武夷山志　清　衷仲儒　四庫全書存目叢書
弘治八閩通志　明　黄仲昭　北京圖書館古籍珍本叢刊
雍正江南通志　清　黄之雋　文淵閣四庫全書
雍正江西通志　清　陶成　文淵閣四庫全書
雍正浙江通志　清　沈翼機　文淵閣四庫全書
雍正廣東通志　清　魯曾煜　文淵閣四庫全書
雍正湖廣通志　清　夏力恕　文淵閣四庫全書
乾隆福建通志　清　謝道承　文淵閣四庫全書
乾隆山東通志　清　杜詔　文淵閣四庫全書
光緒江西通志　清　趙之謙　續修四庫全書
道光福建通志　清　陳壽祺　清刻
民國福建通志　沈瑜慶　民國刻

水經注　後魏　酈道元　續修四庫全書
西湖遊覽志　明　田汝成　上海古籍出版社點校
雍録　宋　程大昌　中華書局點校
荆楚歲時記　梁　宗懔　文淵閣四庫全書
嶺表録異　唐　劉恂　叢書集成初編
東京夢華録　宋　孟元老　中華書局箋校
中吴紀聞　宋　龔明之　文淵閣四庫全書
嶺外代答　宋　周去非　叢書集成初編
桂海虞衡志　宋　范成大　中華書局點校范成大筆記六種
都城紀勝　佚名　中國商業出版社
夢粱録　宋　吴自牧　叢書集成初編
武林舊事　宋　周密　叢書集成初編
江南餘載　佚名　叢書集成初編
平江記事　元　高德基　文淵閣四庫全書
蜀中廣記　明　曹學佺　文淵閣四庫全書
益部談資　明　何宇度　文淵閣四庫全書

岳陽風土記　宋　范志明　叢書集成初編
奉使安南水程日記　明　黄福　叢書集成初編
南宋館閣録續録　宋　陳騤　佚名　中華書局點校
宋宰輔編年録　宋　徐自明　中華書局箋證
歷代職官表　清　永瑢　文淵閣四庫全書
唐會要　宋　王溥　叢書集成初編
宋會要輯稿　清　徐松　中華書局影印
宋朝事實　宋　李攸　文淵閣四庫全書
建炎以來朝野雜記　宋　李心傳　中華書局點校
文獻通考　元　馬端臨　商務印書館萬有文庫十通
漢官舊儀　漢　衛宏　續修四庫全書
中興行在雜買務雜賣場提轄官題名　宋　何異　續修四庫全書
錢幣芻言　清　王瑬　續修四庫全書
歲時廣記　宋　陳元靚　續修四庫全書
營造法式　宋　李誡　中國建築工業出版社
郡齋讀書志附志　宋　晁公武　趙希弁　上海古籍出版社點校

直齋書録解題　宋　陳振孫　上海古籍出版社點校
文淵閣書目　明　楊士奇　叢書集成初編
四庫全書總目　中華書局影印
内閣藏書目　明　孫能傳　叢書集成續編
澹生堂藏書目　明　祁承　叢書集成續編
八瓊室金石補正　清　陸增祥　文物出版社影印
福建金石志　北京圖書館出版社宋代石刻文獻全編
閩中金石略　北京圖書館出版社宋代石刻文獻全編
鳳墅法帖釋文　歸安姚氏刊
史通　唐　劉知幾　文淵閣四庫全書

**子部**

孔子家語　魏　王肅　四部備要
孔叢子　漢　孔鮒　四部備要
新語　漢　陸賈　上海書店出版社影印諸子集成
鹽鐵論　漢　桓寬　上海書店出版社影印諸子集成
揚子法言　漢　揚雄　上海書店出版社影印諸子集成

二程文集　宋　程顥　程頤　叢書集成初編
朱子語類　宋　黎德靖　中華書局點校
黄氏日鈔　宋　黄震　叢書集成初編
性理大全書　明　胡廣　文淵閣四庫全書
周子鈔釋　明　吕柟　文淵閣四庫全書
邇言　宋　劉炎　叢書集成初編
項氏家説　宋　項安世　叢書集成初編
孫子　周　孫武　叢書集成初編
司馬法　周　司馬穰苴　文淵閣四庫全書
武經總要　宋　曾公亮　文淵閣四庫全書
虎鈐經　宋　許洞　叢書集成初編
美芹十論　宋　辛棄疾　四庫全書存目叢書
管子　周　管仲　上海書店出版社影印諸子集成
韓非子　周　韓非　上海書店出版社影印諸子集成
神農本草經　魏　吴普　叢書集成初編
毛詩草木鳥獸蟲魚疏　晉　陸璣　叢書集成初編

齊民要術　後魏　賈思勰　叢書集成初編
農書　元　王禎　文淵閣四庫全書
農桑輯要　元　司農司　叢書集成初編
壽親養老新書　宋　陳直　叢書集成續編
太平惠民和劑局藥方　宋　陳師文　文淵閣四庫全書
備急千金要方　唐　孫思邈　文淵閣四庫全書
銀海精微　唐　孫思邈　文淵閣四庫全書
婦人大全良方　宋　陳自明　文淵閣四庫全書
名醫類案　明　江瓘　文淵閣四庫全書
本草綱目　明　李時珍　文淵閣四庫全書
神農本草經疏　明　繆希雍　文淵閣四庫全書
醫宗金鑑　清　吴謙　文淵閣四庫全書
針灸資生經　宋　王執中　文淵閣四庫全書
石山醫案　明　陳桷　文淵閣四庫全書
唐開元占經　唐　瞿曇悉達　文淵閣四庫全書
歷代名畫記　唐　張彦遠　文淵閣四庫全書

法書要録　唐　張彦遠　文淵閣四庫全書
寶真齋法書贊　宋　岳珂　叢書集成初編
山水純全集　宋　韓拙　叢書集成初編
廣川書跋　宋　董逌　叢書集成初編
絳帖平　宋　姜夔　文淵閣四庫全書
法帖釋文考異　明　顧從義　文淵閣四庫全書
書史會要　明　陶宗儀　文淵閣四庫全書
趙氏鐵網珊瑚　明　朱存理　廣陵書社
繪事備考　清　王毓賢　文淵閣四庫全書
宣和北苑貢茶録　宋　熊蕃　文淵閣四庫全書
洛陽牡丹記　宋　歐陽修　中國書店影印歐陽修全集
揚州勺藥譜　宋　王觀　中國書店影印百川學海
范村梅譜　宋　范成大　中華書局點校范成大筆記六種
筍譜　宋　釋贊寧　中國書店影印百川學海
香譜　宋　陳敬　文淵閣四庫全書
太乙金鏡式經　唐　王希明　文淵閣四庫全書

子華子　周　程本　文淵閣四庫全書
吕氏春秋　秦　吕不韋　上海書店出版社影印諸子集成
淮南子　漢　劉安　上海書店出版社影印諸子集成
金樓子　梁　蕭繹　文淵閣四庫全書
劉子　北齊　劉晝　文淵閣四庫全書
顔氏家訓　隋　顔之推　上海書店出版社影印諸子集成
長短經　唐　趙蕤　文淵閣四庫全書
芻言　宋　崔敦禮　文淵閣四庫全書
古今注　晉　崔豹　中國書店影印百川學海
中華古今注　五代　馬縞　中國書店影印百川學海
資暇集　唐　李匡義　叢書集成初編
靖康緗素雜記　宋　黄朝英　叢書集成初編
考古圖　宋　吕大臨　四庫全書存目叢書
猗覺寮雜記　宋　朱翌　叢書集成初編
能改齋漫録　宋　吴曾　上海古籍出版社點校
西溪叢語　宋　姚寬　中華書局點校

學林　宋　王觀國　中華書局點校
容齋隨筆　宋　洪邁　上海古籍出版社點校
考古編　宋　程大昌　叢書集成初編
演繁録　宋　程大昌　叢書集成初編
甕牖閒評　宋　袁文　上海古籍出版社點校
芥隱筆記　宋　龔頤正　叢書集成初編
梁溪漫志　宋　費衮　上海古籍出版社點校
野客叢書　宋　王楙　叢書集成初編
潁川語小　宋　陳叔方　文淵閣四庫全書
考古質疑　宋　葉大慶　上海古籍出版社點校
鼠璞　宋　戴埴　中國書店影印百川學海
朝野類要　宋　趙昇　中華書局點校
困學紀聞　宋　王應麟　四部叢刊三編
愛日齋叢鈔　宋　葉寘　文淵閣四庫全書
丹鉛總録　明　楊慎　文淵閣四庫全書
通雅　明　方以智　文淵閣四庫全書

巵林　明　周嬰　叢書集成初編
義府　清　黄生　文淵閣四庫全書
日知録　清　顧炎武　嶽麓書社集釋
十駕齋養新録　清　錢大昕　上海書店出版社整理
論衡　漢　王充　上海書店諸子集成
風俗通義　漢　應劭　叢書集成初編
春明退朝録　宋　宋敏求　中華書局點校
麈史　宋　王得臣　叢書集成續編
文昌雜録　宋　龐元英　叢書集成初編
夢溪筆談　宋　沈括　文物出版社影印
仇池筆記　宋　蘇軾　華東師範大學出版社注釋
晁氏客語　宋　晁説之　叢書集成初編
呂氏雜記　宋　呂希哲　文淵閣四庫全書
冷齋夜話　宋　釋惠洪　文淵閣四庫全書
春渚紀聞　宋　何薳　中華書局點校
避暑録話　宋　葉夢得　叢書集成初編

石林燕語　宋　葉夢得　中華書局點校
却掃編　宋　徐度　叢書集成初編
昨夢録　宋　康與之　廣百川學海
五總志　宋　吴坰　文淵閣四庫全書
墨莊漫録　宋　張邦基　四部叢刊三編
常談　宋　吴箕　文淵閣四庫全書
雲麓漫鈔　宋　趙彦衛　中華書局點校
游宦紀聞　宋　張世南　中華書局點校
密齋筆記　宋　謝采伯　叢書集成初編
澗泉日記　宋　韓淲　叢書集成初編
老學庵筆記　宋　陸游　中華書局點校
家世舊聞　宋　陸游　中華書局點校
鶴林玉露　宋　羅大經　中華書局點校
貴耳集　宋　張端義　叢書集成初編
吹劍録　宋　俞文豹　古典文學出版社點校
齊東野語　宋　周密　中華書局點校

負暄野録　宋　陳槱　叢書集成初編
兩鈔摘腴　宋　史浩　叢書集成初編
經鉏堂雜志　宋　倪思　遼寧教育出版社新世紀萬有文庫
螢雪叢説　宋　俞成　叢書集成初編
山家清供　宋　林洪　叢書集成初編
困學齋雜録　元　鮮于樞　文淵閣四庫全書
隱居通議　元　劉壎　叢書集成初編
庶齋老學叢談　元　盛如梓　叢書集成初編
研北雜志　元　陸友仁　叢書集成初編
長物志　明　文震亨　叢書集成初編
讕言長語　明　曹安　叢書集成初編
六研齋筆記　明　李日華　文淵閣四庫全書
居易録　清　王士禛　文淵閣四庫全書
純常子枝語　清　文廷式　廣陵古籍刻印社影印
遵生八箋　明　高濂　北京圖書館藏古籍珍本叢書
紺珠集　宋　朱勝非　文淵閣四庫全書

類説　宋　曾慥　文淵閣四庫全書
宋朝事實類苑　宋　江少虞　上海古籍出版社點校
自警編　宋　趙善璙　叢書集成初編
説郛　明　陶宗儀　上海古籍出版社影印
説郛續　明　姚珽　上海古籍出版社影印
少室山房談叢　明　胡應麟　叢書集成續編
藝文類聚　唐　歐陽詢　上海古籍出版社點校
北堂書鈔　唐　虞世南　續修四庫全書
初學記　唐　徐堅　文淵閣四庫全書
白孔六帖　唐　白居易　宋　孔傳　文淵閣四庫全書
蒙求集注　唐　李瀚　文淵閣四庫全書
太平御覽　宋　李昉　四部叢刊三編
册府元龜　宋　王欽若　中華書局影印
事物紀原　宋　高承　上海古籍出版社和刻本類書集成
書叙指南　宋　任廣　文淵閣四庫全書
海録碎事　宋　葉庭珪　中華書局點校

職官分紀　宋　孫逢吉　文淵閣四庫全書
錦繡萬花谷　佚名　上海辭書出版社影印
古今事文類聚　宋　祝穆　文淵閣四庫全書
記纂淵海　宋　潘自牧　北京圖書館古籍珍本叢刊
羣書會元截江網　佚名　文淵閣四庫全書
全芳備祖　宋　陳景沂　農業出版社
羣書考索　宋　章如愚　文淵閣四庫全書
古今合璧事類備要　宋　謝維新　文淵閣四庫全書
玉海　宋　王應麟　文淵閣四庫全書
翰苑新書　佚名　文淵閣四庫全書
永樂大典　明　解縉　中華書局影印
海外新發現永樂大典十七卷　上海辭書出版社影印
萬姓統譜　明　凌迪知　文淵閣四庫全書
詩律武庫　宋　吕祖謙　叢書集成初編
別號録　清　葛萬里　文淵閣四庫全書
天中記　明　陳耀文　文淵閣四庫全書

說略　明　顧起元　文淵閣四庫全書
西京雜記　漢　劉歆　文淵閣四庫全書
世說新語　南朝宋　劉義慶　叢書集成初編
世說新語箋疏　余嘉錫　中華書局
朝野僉載　唐　張鷟　上海古籍出版社點校
唐國史補　唐　李肇　上海古籍出版社點校
因話録　唐　趙璘　上海古籍出版社點校
明皇雜録　唐　鄭處誨　文淵閣四庫全書
三水小牘　唐　皇甫枚　續修四庫全書
幽閒鼓吹　唐　張固　文淵閣四庫全書
松窗雜録　唐　李濬　叢書集成初編
雲溪友議　唐　范攄　四部叢刊續編
雲仙雜記　唐　馮贄　叢書集成初編
唐摭言　五代　王定保　文淵閣四庫全書
開元天寶遺事　五代　王仁裕　中華書局點校
北夢瑣言　宋　孫光憲　中華書局點校

南部新書　宋　錢易　中華書局點校
澠水燕談録　宋　王闢之　中華書局點校
歸田録　宋　歐陽修　中華書局點校
東齋紀事　宋　范鎮　中華書局點校
青箱雜記　宋　吴處厚　中華書局點校
倦遊雜録　宋　張師正　上海古籍出版社點校
談苑　宋　孔平仲　叢書集成初編
湘山野録　宋　釋文瑩　中華書局點校
玉壺野史　宋　釋文瑩　中華書局點校
侯鯖録　宋　趙德麟　中華書局點校
東軒筆録　宋　魏泰　中華書局點校
鐵圍山叢談　宋　蔡絛　中華書局點校
墨客揮犀　宋　彭乘　中華書局點校
過庭録　宋　范公偁　叢書集成初編
揮麈録　宋　王明清　上海書店點校
玉照新志　宋　王明清　上海古籍出版社點校

聞見録　宋　邵伯温　中華書局點校
雞肋編　宋　莊綽　上海書店出版社影印
清波雜志　宋　周煇　中華書局點校
學齋佔畢　宋　史繩祖　文淵閣四庫全書
桯史　宋　岳珂　中華書局點校
獨醒雜志　宋　曾敏行　叢書集成初編
耆舊續聞　宋　陳鵠　叢書集成初編
四朝聞見録　宋　葉紹翁　中華書局點校
癸辛雜識　宋　周密　中華書局點校
隨隱漫録　宋　陳世崇　叢書集成初編
東南紀聞　佚名　文淵閣四庫全書
歸潛志　金　劉祁　中華書局點校
山房隨筆　元　蔣正子　叢書集成初編
海内十洲記　漢　東方朔　文淵閣四庫全書
漢武故事　漢　班固　文淵閣四庫全書
漢武帝内傳　漢　班固　文淵閣四庫全書

趙飛燕外傳　漢　伶玄　叢書集成初編
梅妃傳　唐　曹鄴　叢書集成初編
清平山堂話本　明　洪楩　續修四庫全書
警世通言　明　馮夢龍　續修四庫全書
西厢記　金　董解元　續修四庫全書
拾遺記　前秦　王嘉　文淵閣四庫全書
杜陽雜編　唐　蘇鶚　叢書集成初編
太平廣記　宋　李昉　中華書局點校
夷堅志　宋　洪邁　中華書局點校
幽明録　南朝宋　劉義慶　叢書集成初編
搜神記　晉　干寶　商務印書館點校
博物志　晉　張華　叢書集成初編
述異志　梁　任昉　叢書集成初編
續齊諧記　梁　吴均　叢書集成初編
玄怪録　唐　牛僧孺　中華書局點校
疑龍經　唐　楊筠松　文淵閣四庫全書

酉陽雜俎　唐　段成式　四部叢刊初編
劇談録　唐　高駢　文淵閣四庫全書
青瑣高議　宋　劉斧　上海古籍出版社點校
續博物志　宋　李石　叢書集成初編
洞天清録　宋　趙希鵠　叢書集成初編
瑯嬛記　元　伊世珍　四庫全書存目叢書
御定佩文韻府　文淵閣四庫全書
訂譌雜録　清　胡鳴玉　叢書集成初編
弘明集　梁　釋僧祐　四部叢刊初編
景德傳燈録　宋　釋道原　續修四庫全書
五燈會元　宋　釋普濟　中華書局點校
翻譯名義集　南朝宋　法雲　四部叢刊初編
佛説無量壽經　魏　康僧鎧　大正新修大藏經
大方廣佛華嚴經　晉　佛馱跋陀羅　大正新修大藏經
大般涅槃經　晉　法顯　大正新修大藏經
維摩詰所説經　後秦　鳩摩羅什　大正新修大藏經

佛說仁王般若波羅蜜經　後秦　鳩摩羅什　大正新修大藏經
金剛般若波羅蜜經　後秦　鳩摩羅什　大正新修大藏經
妙法蓮花經　後秦　鳩摩羅什　大正新修大藏經
大方廣圓覺修多羅了義經　唐　佛陀多羅　大正新修大藏經
般若波羅蜜多心經　唐　玄奘　大正新修大藏經
大佛頂如來密因修證了義諸菩薩萬行首楞嚴經　唐　般剌蜜帝　大正新修大藏經
千手千眼觀世音菩薩廣大圓滿無礙大悲心陀羅尼經　唐　伽梵達摩　大正新修大藏經
維摩經疏　大正新修大藏經
石門文字禪　宋　釋覺範　叢書集成續編
洛陽伽藍記　北魏　楊衒之　上海古籍出版社
大唐西域記　唐　釋玄奘　叢書集成初編
法藏碎金録　宋　晁迥　文淵閣四庫全書
羅湖野録　宋　釋曉瑩　叢書集成初編
大智度論　後秦　鳩摩羅什　巴蜀書社
法苑珠林　唐　釋道世　上海古籍出版社影印
高僧傳　南朝梁　釋慧覺　上海古籍出版社影印

禪林僧寶傳　宋　釋惠洪　文淵閣四庫全書
佛地經論　唐　玄奘　大正新修大藏經
陰符經解　唐　李筌　文淵閣四庫全書
陰符經講義　宋　夏元鼎　文淵閣四庫全書
老子　上海書店出版社影印諸子集成
列子　佚名　上海書店出版社影印諸子集成
莊子　莊周　上海書店出版社影印諸子集成
莊子口議　宋　林希逸　文淵閣四庫全書
莊子集釋　清　郭慶藩　上海書店出版社影印諸子集成
莊子集解　清　王先謙　上海書店出版社影印諸子集成
列仙傳　漢　劉向　叢書集成初編
神仙傳　晉　葛洪　文淵閣四庫全書
真誥　梁　陶弘景　叢書集成初編
雲笈七籤　宋　張君房　書目文獻出版社影印
遵生八箋　明　高濂　北京圖書館古籍珍本叢刊
悟真篇注疏　宋　張伯端　文淵閣四庫全書

## 集部

楚辭章句　漢　王逸　文淵閣四庫全書
楚辭補注　宋　洪興祖　文淵閣四庫全書
揚子雲集　漢　揚雄　文淵閣四庫全書
曹子建集　魏　曹植　四部叢刊初編
嵇中散集　魏　嵇康　四部叢刊初編
陸士龍集　晉　陸雲　四部叢刊初編
陶淵明集　晉　陶潛　中華書局校注
陶靖節先生詩注　宋　湯漢　續修四庫全書
鮑明遠集　南朝宋　鮑照　文淵閣四庫全書
謝宣城集　齊　謝朓　四部叢刊初編
昭明太子集　梁　蕭統　四部叢刊初編
何水部集　梁　何遜　文淵閣四庫全書
江文通集　梁　江淹　四部叢刊初編
庾子山集　北周　庾信　四部叢刊初編
徐孝穆集箋注　陳　徐陵　清　吴兆宜　四部叢刊初編

東皋子集　唐　王績　續修四庫全書王無功文集
寒山詩集　唐　釋寒山　文淵閣四庫全書
王子安集　唐　王勃　四部備要
盈川集　唐　楊炯　四部備要
盧升之集　唐　盧照鄰　四部備要
駱丞集　唐　駱賓王　四部備要
張燕公集　唐　張説　叢書集成初編
曲江集　唐　張九齡　四部備要
李太白集注　唐　李白　清　王琦　四部備要
李太白集分類補注　唐　李白　宋　楊齊賢　文淵閣四庫全書
九家集杜詩　唐　杜甫　宋　郭知達　文淵閣四庫全書
補注杜詩　唐　杜甫　宋　郭知達　文淵閣四庫全書
杜詩詳注　唐　杜甫　清　仇兆鼇　中華書局排印
王右丞集箋注　唐　王維　清　趙殿成　文淵閣四庫全書
高常侍集　唐　高適　四部叢刊初編
常建詩　唐　常建　文淵閣四庫全書

孟浩然集　唐　孟浩然　四部叢刊初編
岑嘉州詩　唐　岑參　續修四庫全書
次山集　唐　元結　四部叢刊初編
顔魯公集　唐　顔真卿　四部叢刊初編
杼山集　唐　釋皎然　文淵閣四庫全書
劉隨州集　唐　劉長卿　四部叢刊初編
韋蘇州集　唐　韋應物　四部叢刊初編
李遐叔文集　唐　李華　文淵閣四庫全書
錢仲文集　唐　錢起　文淵閣四庫全書
華陽集　唐　顧況　文淵閣四庫全書
翰苑集　唐　陸贄　四部叢刊初編
權文公集　唐　權德輿　文淵閣四庫全書
五百家注昌黎文集　唐　韓愈　宋　魏仲舉　文淵閣四庫全書
東雅堂昌黎集注　唐　韓愈　宋　廖瑩中　文淵閣四庫全書
別本韓文考異　唐　韓愈　宋　朱熹　文淵閣四庫全書
韓集舉正叙録　宋　方崧卿　文淵閣四庫全書

柳河東集　唐　柳宗元　上海人民出版社
玉川子詩集　唐　盧仝　續修四庫全書
劉賓客集　唐　劉禹錫　四部叢刊初編
張司業集　唐　張籍　四部叢刊初編
李文公集　唐　李翺　文淵閣四庫全書
孟東野詩集　唐　孟郊　四部叢刊初編
昌谷集　李賀　中華書局三家評注李長吉歌詩
絳守居園池記　唐　樊宗師　文淵閣四庫全書
王司馬集　唐　王建　文淵閣四庫全書
會昌一品集　唐　李德裕　叢書集成初編
李衛公别集　唐　李德裕　叢書集成初編
元氏長慶集　唐　元稹　文淵閣四庫全書
白氏長慶集　唐　白居易　文淵閣四庫全書
樊川文集　唐　杜牧　文淵閣四庫全書
樊川詩集　唐　杜牧　上海古籍出版社
姚少監詩集　唐　姚合　文淵閣四庫全書

李義山詩集注　唐　李商隱　清　朱鶴齡　文淵閣四庫全書
温飛卿詩集　唐　温庭筠　上海古籍出版社箋注
李羣玉詩集　唐　李羣玉　四部叢刊初編
丁卯詩集　唐　許渾　四部叢刊初編
曹祠部集　唐　曹唐　文淵閣四庫全書
文藪　唐　皮日休　文淵閣四庫全書
甫里集　唐　陸龜蒙　文淵閣四庫全書
雲臺編　唐　鄭谷　文淵閣四庫全書
司空表聖文集　唐　司空圖　四部叢刊初編
翰林集　唐　韓偓　續修四庫全書
唐風集　唐　杜荀鶴　文淵閣四庫全書
玄英集　唐　方干　文淵閣四庫全書
黄御史集　唐　黄滔　叢書集成初編
羅昭諫集　唐　羅隱　文淵閣四庫全書
正字先輩徐公釣磯文集　唐　徐夤　續修四庫全書
白蓮集　唐　釋齊己　文淵閣四庫全書

禪月集　唐　釋貫休　四部叢刊初編
浣花集　唐　韋莊　文淵閣四庫全書
廣成集　後蜀　杜光庭　文淵閣四庫全書
騎省集　宋　徐鉉　綫裝書局影印宋集珍本叢刊
河東集　宋　柳開　綫裝書局影印宋集珍本叢刊
忠愍集　宋　寇準　綫裝書局影印宋集珍本叢刊
小畜集　宋　王禹偁　四部叢刊初編
武夷新集　宋　楊億　綫裝書局影印宋集珍本叢刊
林和靖集　宋　林逋　綫裝書局影印宋集珍本叢刊
雙溪集　宋　蘇籀　叢書集成初編
元獻遺文　宋　晏殊　叢書集成續編
東觀集　宋　魏野　綫裝書局影印宋集珍本叢刊
元憲集　宋　宋庠　叢書集成初編
景文集　宋　宋祁　叢書集成初編
文恭集　宋　胡宿　叢書集成初編
武溪集　宋　余靖　綫裝書局影印宋集珍本叢刊

安陽集　宋　韓琦　綫裝書局影印宋集珍本叢刊
范文正集　宋　范仲淹　綫裝書局影印宋集珍本叢刊
徂徠集　宋　石介　綫裝書局影印宋集珍本叢刊
端明集　宋　蔡襄　綫裝書局影印宋集珍本叢刊
祠部集　宋　强至　叢書集成初編
蘇學士集　宋　蘇舜欽　四部叢刊初編
潞公文集　宋　文彦博　叢書集成續編
蘇魏公文集　宋　蘇頌　綫裝書局影印宋集珍本叢刊
華陽集　宋　王珪　叢書集成初編
傳家集　宋　司馬光　叢書集成初編
清獻集　宋　趙抃　綫裝書局影印宋集珍本叢刊
彭城集　宋　劉攽　文淵閣四庫全書
都官集　宋　陳舜俞　叢書集成續編
西溪集　宋　沈遘　四部叢刊三編
丹淵集　宋　文同　綫裝書局影印宋集珍本叢刊
鄖溪集　宋　鄭獬　綫裝書局影印宋集珍本叢刊

錢塘集　宋　韋驤　叢書集成續編
浄德集　宋　吕陶　叢書集成初編
安岳集　宋　馮山　叢書集成續編
元豐類稿　宋　曾鞏　綫裝書局影印宋集珍本叢刊
宛陵文集　宋　梅堯臣　綫裝書局影印宋集珍本叢刊
忠肅集　宋　劉摯　綫裝書局影印宋集珍本叢刊
范太史集　宋　范祖禹　綫裝書局影印宋集珍本叢刊
擊壤集　宋　邵雍　綫裝書局影印宋集珍本叢刊
曲阜集　宋　彭汝礪　文淵閣四庫全書
南陽集　宋　韓維　文淵閣四庫全書
文忠集　宋　歐陽修　中國書店影印歐陽修全集
樂全集　宋　張方平　北京圖書館古籍珍本叢刊
范忠宣集　宋　范純仁　綫裝書局影印宋集珍本叢刊
嘉祐集　宋　蘇洵　上海古籍出版社箋注
臨川文集　宋　王安石　綫裝書局影印宋集珍本叢刊
王荆公詩注　宋　王安石　宋　李壁　文淵閣四庫全書

廣陵集　宋　王令　綫裝書局影印宋集珍本叢刊
東坡全集　宋　蘇軾　中國書店影印蘇軾全集
東坡詩集注　宋　蘇軾　宋　王十朋　文淵閣四庫全書
施注蘇詩　宋　蘇軾　宋　施元之　文淵閣四庫全書
欒城集　宋　蘇轍　四部叢刊初編
山谷集　宋　黄庭堅　綫裝書局影印宋集珍本叢刊
山谷内集詩注　宋　黄庭堅　宋　任淵　文淵閣四庫全書
後山集　宋　陳師道　上海古籍出版社影印
柯山集　宋　張耒　綫裝書局影印宋集珍本叢刊
淮海集　宋　秦觀　綫裝書局影印宋集珍本叢刊
濟南集　宋　李廌　叢書集成續編
參寥子詩集　宋　釋道潛　綫裝書局影印宋集珍本叢刊
寶晉英光集　宋　米芾　綫裝書局影印宋集珍本叢刊
青山集　宋　郭祥正　黄山書社郭祥正集
倚松詩集　宋　饒節　綫裝書局影印宋集珍本叢刊
畫墁集　宋　張舜民　文淵閣四庫全書

景迂生集　宋　晁説之　文淵閣四庫全書
雞肋集　宋　晁補之　四部叢刊初編
舒嬾堂詩文存　宋　舒亶　續修四庫全書
龍雲集　宋　劉弇　文淵閣四庫全書
雲溪居士集　宋　華鎮　綫裝書局影印宋集珍本叢刊
演山集　宋　黄裳　綫裝書局影印宋集珍本叢刊
姑溪居士集　宋　李之儀　文淵閣四庫全書
道鄉集　宋　鄒浩　綫裝書局影印宋集珍本叢刊
西臺集　宋　畢仲游　叢書集成初編
溪堂集　宋　謝逸　文淵閣四庫全書
竹友集　宋　謝薖　叢書集成初編
日涉園集　宋　李彭　綫裝書局影印宋集珍本叢刊
灌園集　宋　吕南公　文淵閣四庫全書
慶湖遺老詩集　宋　賀鑄　綫裝書局影印宋集珍本叢刊
竹隱畸士集　宋　趙鼎臣　文淵閣四庫全書
跨鼇集　宋　李新　文淵閣四庫全書

洪龜父集　宋　洪朋　文淵閣四庫全書
東堂集　宋　毛滂　文淵閣四庫全書
龜山集　宋　楊時　文淵閣四庫全書
梁溪集　宋　李綱　綫裝書局影印宋集珍本叢刊
初寮集　宋　王安中　文淵閣四庫全書
老圃集　宋　洪芻　文淵閣四庫全書
毗陵集　宋　張守　叢書集成初編
浮溪集　宋　汪藻　文淵閣四庫全書
松隱集　宋　曹勛　綫裝書局影印宋集珍本叢刊
建康集　宋　葉夢得　叢書集成續編
東窗集　宋　張擴　文淵閣四庫全書
簡齋集　宋　陳與義　中華書局點校陳與義集
北山集　宋　程俱　綫裝書局影印宋集珍本叢刊
紫微集　宋　張嵲　叢書集成續編
忠穆集　宋　吕頤浩　文淵閣四庫全書
莊簡集　宋　李光　文淵閣四庫全書

忠正德集　宋　趙鼎　文淵閣四庫全書
東牟集　宋　王洋　文淵閣四庫全書
相山集　宋　王之道　綫裝書局影印宋集珍本叢刊
屏山集　宋　劉子翬　綫裝書局影印宋集珍本叢刊
龜谿集　宋　沈與求　叢書集成續編
横浦集　宋　張九成　文淵閣四庫全書
盧溪集　宋　王庭珪　文淵閣四庫全書
鴻慶居士集　宋　孫覿　綫裝書局影印宋集珍本叢刊
和靖集　宋　尹焞　叢書集成初編
歐陽修撰集　宋　歐陽澈　文淵閣四庫全書
陵陽集　宋　韓駒　文淵閣四庫全書
灊山集　宋　朱翌　文淵閣四庫全書
澹齋集　宋　李流謙　文淵閣四庫全書
岳武穆集　宋　岳飛　綫裝書局影印宋集珍本叢刊
陳文正公文集　宋　陳康伯　續修四庫全書
茶山集　宋　曾幾　叢書集成初編

雪溪集　宋　王銍　綫裝書局影印宋集珍本叢刊
蘆川歸來集　宋　張元幹　上海古籍出版社點校
東萊詩集　宋　吕本中　四部叢刊續編
李清照集　宋　李清照　人民文學出版社校注
浮山集　宋　仲并　綫裝書局影印宋集珍本叢刊
北山集　宋　鄭剛中　四部叢刊續編
湖山集　宋　吴芾　綫裝書局影印宋集珍本叢刊
文定集　宋　汪應辰　叢書集成初編
默堂集　宋　陳淵　文淵閣四庫全書
知稼翁集　宋　黄公度　綫裝書局影印宋集珍本叢刊
漢濱集　宋　王之望　叢書集成續編
拙齋文集　宋　林之奇　綫裝書局影印宋集珍本叢刊
于湖集　宋　張孝祥　上海古籍出版社點校
太倉稊米集　宋　周紫芝　文淵閣四庫全書
鄮峰真隱漫録　宋　史浩　綫裝書局影印宋集珍本叢刊
海陵集　宋　周麟之　清鈔

竹洲集　宋　吴儆　綫裝書局影印宋集珍本叢刊
高峰文集　宋　寥剛　文淵閣四庫全書
鄂州小集　宋　羅願　叢書集成初編
朱文公文集　宋　朱熹　四川教育出版社點校
益國文忠公集　宋　周必大　綫裝書局影印宋集珍本叢刊
雪山集　宋　王質　叢書集成初編
網山集　宋　林亦之　綫裝書局影印宋集珍本叢刊
東萊集　宋　吕祖謙　四部叢刊初編
止齋集　宋　陳傅良　四部叢刊初編
梅溪集　宋　王十朋　四部叢刊初編
香山集　宋　喻良能　綫裝書局影印宋集珍本叢刊
宫教集　宋　崔敦禮　綫裝書局影印宋集珍本叢刊
樂軒集　宋　陳藻　文淵閣四庫全書
澹軒集　宋　李吕　文淵閣四庫全書
攻媿集　宋　樓鑰　叢書集成初編
尊白堂集　宋　虞儔　綫裝書局影印宋集珍本叢刊

東塘集　宋　袁説友　綫裝書局影印宋集珍本叢刊
涉齋集　宋　許及之　叢書集成續編
蠹齋鉛刀編　宋　周孚　文淵閣四庫全書
淳熙稿　宋　趙蕃　叢書集成初編
章泉稿　宋　趙蕃　叢書集成初編
癖齋小集　宋　杜旃　叢書集成續編
雙溪類稿　宋　王炎　綫裝書局影印宋集珍本叢刊
止堂集　宋　彭龜年　叢書集成初編
緣督集　宋　曾豐　綫裝書局影印宋集珍本叢刊
象山集　宋　陸九淵　中華書局點校
絜齋集　宋　袁燮　叢書集成初編
定齋集　宋　蔡戡　叢書集成續編
九華集　宋　員興宗　綫裝書局影印宋集珍本叢刊
盤洲文集　宋　洪適　文淵閣四庫全書
芸庵類稿　宋　李洪　文淵閣四庫全書
應齋雜著　宋　趙善括　叢書集成續編

石湖詩集　宋　范成大　上海古籍出版社點校
誠齋集　宋　楊萬里　中華書局楊萬里集箋校
劍南詩稿　宋　陸游　中國書店影印陸游全集
渭南文集　宋　陸游　中國書店影印陸游全集
水心集　宋　葉適　中華書局點校
南湖集　宋　張鎡　文淵閣四庫全書
南澗甲乙稿　宋　韓元吉　文淵閣四庫全書
自鳴集　宋　章甫　文淵閣四庫全書
客亭類稿　宋　楊冠卿　文淵閣四庫全書
石屏詩集　宋　戴復古　四部叢刊續編
復齋先生龍圖陳公文集　宋　陳宓　綫裝書局影印宋集珍本叢刊
昌谷集　宋　曹彦約　文淵閣四庫全書
南軒集　宋　張栻　長春出版社點校
勉齋集　宋　黄榦　北京圖書館古籍珍本叢刊
後樂集　宋　衛涇　文淵閣四庫全書
菊磵集　宋　高翥　文淵閣四庫全書

漫塘集　宋　劉宰　綫裝書局影印宋集珍本叢刊
克齋集　宋　陳文蔚　文淵閣四庫全書
洺水集　宋　程珌　綫裝書局影印宋集珍本叢刊
龍川集　宋　陳亮　中華書局增訂本
龍洲集　宋　劉過　上海古籍出版社點校
平庵悔稿　宋　項安世　綫裝書局影印宋集珍本叢刊
雙峰猥稿　宋　舒邦佐　清道光刻
江湖長翁集　宋　陳造　綫裝書局影印宋集珍本叢刊
育德堂外制集　宋　蔡幼學　叢書集成續編
鶴山集　宋　魏了翁　四部叢刊初編
西山文集　宋　真德秀　四部叢刊初編
白石道人詩集　宋　姜夔　四部叢刊初編
山房集　宋　周南　綫裝書局影印宋集珍本叢刊
平齋集　宋　洪咨夔　四部叢刊續編
翠微南征録　宋　華岳　黄山書社點校
四六標準　宋　李劉　綫裝書局影印宋集珍本叢刊

方壺存稿　宋　汪莘　綫裝書局影印宋集珍本叢刊
橘山四六　宋　李廷忠　綫裝書局影印宋集珍本叢刊
泠然齋詩集　宋　蘇泂　文淵閣四庫全書
可齋雜稿　宋　李曾伯　綫裝書局影印宋集珍本叢刊
後村先生大全集　宋　劉克莊　四部叢刊初編
澗泉集　宋　韓淲　綫裝書局影印宋集珍本叢刊
拙軒集　宋　張侃　文淵閣四庫全書
楳埜集　宋　徐元杰　綫裝書局影印宋集珍本叢刊
秋崖集　宋　方岳　文淵閣四庫全書
陵陽集　宋　牟巘　綫裝書局影印宋集珍本叢刊
北礀集　宋　釋居簡　綫裝書局影印宋集珍本叢刊
鐵庵集　宋　方大琮　綫裝書局影印宋集珍本叢刊
履齋遺稿　宋　吴潛　文淵閣四庫全書
方泉詩集　宋　周文璞　綫裝書局影印宋集珍本叢刊
本堂集　宋　陳著　文淵閣四庫全書
百正集　宋　連文鳳　叢書集成初編

疊山集　宋　謝枋得　四部叢刊續編
須溪集　宋　劉辰翁　叢書集成續編
遺山集　金　元好問　四部叢刊初編
滏水集　金　趙秉文　叢書集成初編
桐江續集　元　方回　文淵閣四庫全書
元懶翁詩集　元　董壽民　續修四庫全書
陵川集　元　郝經　北京圖書館古籍珍本叢刊
剡源文集　元　戴表元　四部叢刊初編
養蒙文集　元　張伯淳　文淵閣四庫全書
牆東類稿　元　陸文圭　叢書集成續編
秋澗集　元　王惲　四部叢刊初編
雪樓集　元　程文海　叢書集成續編
滋溪集　元　蘇天爵　叢書集成續編
清容居士集　元　袁桷　四部叢刊初編
道園學古録　元　虞集　四部叢刊初編
范德機詩集　元　范梈　叢書集成續編

待制集　元　柳貫　叢書集成續編
雁門集　元　薩都剌　上海古籍出版社點校
文獻集　明　宋濂　文淵閣四庫全書
翠屏集　明　張以寧　文淵閣四庫全書
陶學士集　明　陶安　文淵閣四庫全書
蘇平仲文集　明　蘇伯衡　文淵閣四庫全書
玩梅亭集稿　明　柴惟道　四庫全書存目叢書
鵝湖集　明　龔斆　文淵閣四庫全書
滎陽外史集　明　鄭真　文淵閣四庫全書
文行直書　明　熊明遇　四庫禁毀書叢刊
升庵集　明　楊慎　文淵閣四庫全書
頤庵文選　明　胡儼　文淵閣四庫全書
篁墩文集　明　程敏政　文淵閣四庫全書
嵩渚文集　明　李濂　四庫禁毀書叢刊
亭林詩集　清　顧炎武　中華書局點校
王船山詩文集　清　王夫之　中華書局點校

因園集　清　趙執信　文淵閣四庫全書
古歡堂集　清　田雯　文淵閣四庫全書
世初堂初集　清　徐旭旦　四庫未收書輯刊
曝書亭集　清　朱彝尊　文淵閣四庫全書
觀林詩話　宋　吴聿　叢書集成初編
文選　梁　蕭統　上海古籍出版社點校
六臣注文選　梁　蕭統　四部叢刊初編
古文苑　佚名　文淵閣四庫全書
古詩紀　明　馮惟訥　文淵閣四庫全書
才調集　唐　韋縠　文淵閣四庫全書
唐四僧詩　文淵閣四庫全書
石倉歷代詩選　明　曹學佺　文淵閣四庫全書
詩淵　佚名　書目文獻出版社影印
全唐詩　中華書局影印
全唐詩外編　王重民　中華書局
瀛奎律髓　元　方回　上海古籍出版社

宋詩紀事　清　厲鶚　上海古籍出版社點校
宋詩紀事補遺　清　陸心源　山西古籍出版社點校
宋詩鈔　清　吴之振　文淵閣四庫全書
藝苑雌黄　宋　嚴有翼　文淵閣四庫全書
懷古録　宋　陳模　中華書局點校
太學黼藻文章百段錦　宋　方頤孫　四庫全書存目叢書
名文寶符　明　葉紹泰　四庫禁毁書叢刊
本事詩　唐　孟棨　中華書局歷代詩話
竹坡詩話　宋　周紫芝　中華書局歷代詩話
中山詩話　宋　劉攽　中華書局歷代詩話
珊瑚鈎詩話　宋　張表臣　中華書局歷代詩話
韻語陽秋　宋　葛立方　中華書局歷代詩話
滄浪詩話　宋　嚴羽　中華書局歷代詩話
庚溪詩話　宋　陳巖肖　中華書局歷代詩話續編
娱書堂詩話　宋　趙與虤　中華書局歷代詩話續編
梅礀詩話　元　韋居安　中華書局歷代詩話續編

禮部詩話　元　吴師道　中華書局歷代詩話續編
逸事老堂詩話　明　俞弁　中華書局歷代詩話續編
宋元詩會　清　陳焯　文淵閣四庫全書
粤西叢載　清　汪森　文淵閣四庫全書
漢魏六朝百三家集　明　張溥　文淵閣四庫全書
五百家播芳大全文粹　宋　魏齊賢　綫裝書局影印宋集珍本叢刊
天下同文集　元　周南瑞　文淵閣四庫全書
文章辨體彙選　明　賀復徵　文淵閣四庫全書
歷代賦彙　文淵閣四庫全書
唐文粹　宋　姚鉉　文淵閣四庫全書
樂府詩集　宋　郭茂倩　四部叢刊初編
中興絶妙詞選　宋　黄升　遼寧教育出版社點校
詞品　明　楊慎　中華書局詞話叢編
渚山堂詞話　明　陳霆　中華書局詞話叢編
詞徵　清　張德瀛　中華書局詞話叢編
本事詞　清　葉申薌　中華書局詞話叢編

花間集　後蜀　趙崇祚　中州書畫社注
詩人玉屑　宋　魏慶之　上海古籍出版社
文章軌範　宋　謝枋得　文淵閣四庫全書
中山詩話　宋　劉攽　文淵閣四庫全書
珊瑚鈎詩話　宋　張表臣　叢書集成初編
詞苑叢談　清　徐釚　上海古籍出版社校注
蓮子居詞話　清　吴衡照　中華書局詞話叢編
蓼園詞評　清　黄蘇　中華書局詞話叢編
漁隱叢話　宋　胡仔　人民文學出版社點校
詩話總龜　宋　阮閲　人民文學出版社點校
江湖後集　宋　陳起　文淵閣四庫全書
南宋文録　清　董兆熊　綫裝書局影印宋集珍本叢刊
南宋文範　清　莊仲方　綫裝書局影印宋集珍本叢刊
兩宋名賢小集　宋　陳思　綫裝書局影印宋集珍本叢刊
吴都文粹匯編　明　錢穀　文淵閣四庫全書
會稽掇英總集　宋　孔延之　文淵閣四庫全書

西晉文紀　明　梅鼎祚　文淵閣四庫全書
宋文歸　清　鍾惺　四庫全書存目叢書
新編事文類聚翰墨全書　宋　劉應李　四庫全書存目叢書
中州集　金　元好問　四部叢刊初編
花草稡編　明　陳耀文　文淵閣四庫全書
歷代詩餘　文淵閣四庫全書
類編草堂詩餘　四部叢刊初編
詞綜　清　朱彝尊　中華書局影印
詞律　清　萬樹　上海古籍出版社影印
校輯宋金元人詞　趙萬里　國家圖書館出版社影印
全宋詞　唐圭璋　中華書局
全金元詞　唐圭璋　中華書局
南唐二主詞　南唐　李璟　李煜　叢書集成續編
樂章集　宋　柳永　文淵閣四庫全書
安陸集　宋　張先　文淵閣四庫全書
書舟詞　宋　程垓　文淵閣四庫全書

小山詞　宋　晏幾道　文淵閣四庫全書
東堂詞　宋　毛滂　文淵閣四庫全書
片玉詞　宋　周邦彦　文淵閣四庫全書
姑溪詞　宋　李之儀　文淵閣四庫全書
友古詞　宋　蔡伸　文淵閣四庫全書
酒邊詞　宋　向子諲　文淵閣四庫全書
坦庵詞　宋　趙師使　文淵閣四庫全書
竹坡詞　宋　周紫芝　文淵閣四庫全書
蘆川詞　宋　張元幹　文淵閣四庫全書
斷腸詞　宋　朱淑真　文淵閣四庫全書
東浦詞　宋　韓玉　文淵閣四庫全書
逃禪詞　宋　楊無咎　文淵閣四庫全書
惜香樂府　宋　趙長卿　文淵閣四庫全書
丘文定詞　宋　丘崈　彊村叢書
樵隱詞　宋　毛幵　文淵閣四庫全書
西樵語業　宋　楊炎正　文淵閣四庫全書

竹齋詩餘　宋　黄機　文淵閣四庫全書
白石道人歌曲集　宋　姜夔　叢書集成初編
澹庵長短句　宋　胡銓　叢書集成初編
陽春集　宋　米友仁　叢書集成初編
明秀集　金　蔡松年　四印齋注
遁庵樂府　金　段克己　景元二妙集
稼軒集抄存　清　辛啓泰　清嘉慶刻
稼軒先生年譜　陳思　遼海書社
辛稼軒先生年譜　梁啓超　飲冰室合集
稼軒詞編年箋注增訂本定本　鄧廣銘　上海古籍出版社
辛稼軒詩文箋注　鄧廣銘　辛更儒　上海古籍出版社
辛稼軒年譜增訂本　鄧廣銘　上海古籍出版社
辛稼軒詩文抄存　鄧廣銘　上海古籍出版社
鄧廣銘治史叢稿　鄧廣銘　北京大學出版社
辛棄疾研究叢稿　辛更儒　研究出版社
鉛山辛氏宗譜　一九四八年鉛山刻

菱湖辛氏族譜　一九三五年撫州刻
武寧辛氏族譜　清光緒武寧刻
辜墩辛氏族譜　二〇〇〇年東鄉刻
餘干里溪辛氏宗譜　一九二八年餘干刻
詩詞曲語辭匯釋　張相　中華書局
宋元語言辭典　龍潛庵　上海辭書出版社
江西出土墓志　陳柏泉　江西教育出版社
上饒紀念辛棄疾誕辰八五〇周年國際學術研討會論文集　未刊
南宋都城研究　徐吉軍　人民出版社
辛棄疾詞選集　吴則虞　上海古籍出版社
靈溪詞説　繆鉞　葉嘉瑩　上海古籍出版社
成府談詞　鄭騫　詞學第十輯
辛稼軒詩詞補輯　孔凡禮　文史第九輯